阻止せよ！悪の世直し

椿平九郎 留守居秘録10

早見俊

一

時代小説

二見時代小説文庫

阻止せよ！悪の世直し——椿平九郎 留守居秘録10

目次

阻止せよ！ 悪の世直し――椿平九郎 留守居秘録10・主な登場人物

椿平九郎清正……若くして羽後横手藩江戸留守居役に抜擢された、横手神道流の遣い手。

大内盛清……羽後横手藩先代藩主。江戸下屋敷で趣味三昧の気楽な暮らしを楽しむ。

大内山城守盛義……「よかろう」が口癖で、家臣の上申に異を唱えない羽後横手藩主。

秋月慶五郎……大内盛義の馬廻り役から御用方に転じた藩士。

尾上兵部……陽明学に精通し、学者としても名の知れた直参旗本。一風斎を号す。

常次郎……芝増上寺に近い三島町の本屋「文殊屋」の主。

江藤幸太郎……北町奉行所の定町廻り同心。

久六……「すっぽんの久六」の二つ名で呼ばれる、江藤配下の岡っ引き。

為蔵……芝三島町の安酒場、丸本の不愛想な主。

茂吉……丸本の常連の大工。

桜井勝之進……門人として尾上の屋敷に出入りする旗本。門人たちの中心人物。

佐川権十郎……盛清に「気楽」と綽名された大内家出入りの旗本。宝蔵院流槍術の達人。

藤間源四郎……大内家の凄腕の忍び。どんな職業の人間にも成りきれる変装の名人。

尾上刑部……兄とは正反対の惰弱な日々を過ごしていた尾上兵部の弟。

別所長門守義昌……若年寄を務める上総国御宿に四万石を領する譜代大名。

第一章　花簪の娘

一

文政六年（一八二三）の神無月、麗らかな冬晴れの昼下がりのこと、

「寄場奉行、これを与える」

大内盛清の大きな声が聞こえた。

椿平九郎は恭しく盛清の前に伺候する。

羽後横手藩十万石大内山城守盛義の藩邸、上屋敷御殿の奥座敷である。盛清は隠居、すなわち盛義の実父である。

椿平九郎清正、歳は三十、それほどの長身ではないが、引き締まった頑強な身体つきだ。ただ、面差しは身体とは反対に細面の男前、おまけに女が羨むような白い肌

をしている。つきたての餅のようで、唇は紅を差したように赤い、ために役者に生まれたら女形で大成しそうだ。

平九郎は幕府や他の大名家と折衝に当たる留守居役を担っていたが、今月初めから寄場奉行を兼ねることになった。

寄場は、盛清が幕府の石川島人足寄場に倣ってというより対抗意識で下屋敷に設立した無宿人ややくざ者の更生施設だ。大工や左官など、手に職を付けさせて世間からあぶれさせないようにする。石川島人足寄場は寛政の頃、火付盗賊改方御頭、長谷川平蔵宣以の建議により設立された。

盛清がくれたのは木彫りの犬であった。盛清は寄場で自ら彫物の指導をしている。

「どうじゃ」

盛清は木彫りの出来栄えを問うてきた。

自信に満ちた笑顔を浮かべている。

盛清は紫地の小袖に茶色の袴、袖無羽織を重ね、宗匠頭巾を被っており、一見して商家の御隠居といった風だ。還暦を過ぎた六十三歳、白髪混じりの髪だが肌艶はよく、目鼻立ちが整っており、若かりし頃の男前ぶりを窺わせる。

元は直参旗本村瀬家の三男であった。昌平坂学問所で優秀な成績を残し、秀才ぶりを評価されて、あちらこちらの旗本、大名から養子の口がかかった末に出羽国羽後、横手藩大内家への養子入りが決まった。大内家当主となったのは、二十五歳の時で、以来、三十年以上藩政を担った。

若かりし頃は、財政の改革や領内で名産品の育成や新田開発などの活性化に熱心に取り組み、そのための強引な人事を行ったそうだが、隠居してからは藩政に注いだ情熱を趣味に傾けている。

「まこと見事な犬でございます。今にも吠えかからんばかりでござりますな」

平九郎は手に取りながら感嘆した。

内心ではひどい出来だと思っている。例によって清盛は今度は彫物に凝り始めたのだ。夢中になる余り、寄場でも指導しているのだが、彫物指導に雇い入れた仏師や教えられる者たちは有難迷惑なことこの上ないようだ。

平九郎の称賛を受けたが盛清は渋面となり、

「犬ではない。猫じゃ」

と、平九郎の手から木彫りの猫を引っ手繰った。

「ああ……これは失礼致しました。よき猫でございます。今にもにゃあという鳴き声が……」

慌てて取り繕ったが、

「清正、もうよい」

盛清は木彫りの猫を放り投げた。

ちなみに、「清正」は盛清が平九郎に付けたあだ名である。留守居役としても抜群の働きをしたため、盛清の名から「清」を与えられ、「清正」を名乗るようになったのである。「清正」には盛清自身の清の字と虎退治で有名な戦国の勇将、加藤清正が因まれている。

「そうじゃ、陽明学を学んだことがあるか」

突如、盛清は話を変えた。

「いいえ。ございません」

平九郎が返すと、

「無学な清正に訊いたわしが馬鹿じゃった。陽明学は面白いぞ。秋月に書籍を買いにやらせた」

盛清は機嫌を直した。

早くも彫物に飽き、陽明学に興味が移ったようだ。

秋月慶五郎は藩主盛義の馬廻りであったが人当たりの良い人柄を買われ、葉月から出入り商人を管理する御用方に転出している。

神無月二十日の昼下がり、秋月慶五郎は芝増上寺に近い、三島町にやって来た。

この辺りは本屋が建ち並び、盛清から立ち寄るよう命じられた文殊屋もあった。

文殊屋は学術書が揃っていると評判だけに、武士や学者風の男たちばかりか学問好きの町人が詰めかけている。

「すまぬが。王陽明の『伝習録』が欲しいのだが」

秋月は横目に、「伝習録」が積んであるのを見ながら頼んだ。上中下、三巻から成る『伝習録』が二十も揃っていた。それらがまとめられ、尾上さまと記された札が付いている。

手代に語りかけたのだが、

「申し訳ございません。ただ今、在庫がないのでございます」

帳場机に座っている男が断りを入れた。

恰幅の良さと紬の着物からして主のようだ。秋月は積み上げられた『伝習録』を恨めし気に見た。主は秋月の視線に気付き、立ち上がるとこちらに歩み寄った。

「あいにく、売り先が決まっておるのです」

主は常次郎と名乗った。

「それは残念……」

引き揚げようとしたが盛清の顔が浮かんだ。盛清のことだ。買って帰らなかったら散々に罵倒するだろう。その挙句、なんとしても手に入れよと江戸中の本屋を探し回らせるかもしれない。

「次の入荷はいつになる……」

十日くらいなら、盛清も待ってくれるかもしれない、という淡い期待を抱きながら問いかけた。

「そうですな……三つき程でしょうか」

常次郎は見事に期待を裏切った。

「三つきか」

秋月は絶句した。

常次郎は腰を上げようとした。

「すまぬが、そのうちの一冊を売ってくれぬか……。上中下、全巻でなくともよい。上巻を一冊、譲ってくれ。あ、いや、拙者、羽後横手藩大内家中の者で秋月慶五郎と申す」

素性を明かして秋月は頼んだ。

「ですから、お買い求めになるお客さまが決まっておるのです。これから、御屋敷までお届けに上がるところです。学者としても高名な御旗本さまですぞ」

常次郎の口調には棘が感じられた。

浅葱裏の田舎侍が何を言っているのだと、その顔には書いてある。そんな常次郎の態度に秋月はかちんとなった。

「それを承知で頼んでおるのだ。見たところ、宛先は尾上殿という御仁だな。お一人で二十もの『伝習録』を買い求めておられる。一つくらい何とかなるのではないか。おお、そうだ、届けに行くのに同道し、注文主の尾上殿にお願い致す。頼む、この通りだ」

秋月は必死の形相で懇願した。

ついつい声が大きくなり、店内の注目を集めてしまった。学術書の品揃えで有名な文殊屋とあってどの客にも品が感じられ、黙々と欲しい書物を探したり、手に取ったりしている。

騒いでいる者など皆無とあって秋月は浮いている。

「それはできません」

にべもなく常次郎は拒絶した。

「無理は承知だ。拙者、どうしても『伝習録』を手に入れねばならぬのだ。藩命だ！」

気持ちを抑制できず秋月は益々気持ちを昂（たかぶ）らせた。とばっちりを恐れてか、無粋（ぶすい）な田舎侍との関わりを嫌ってか、客たちは忍び足で出て行く。

「望月（もちづき）さま……」

故意か真面目なのかはわからないが、常次郎に名前を間違われ、

「秋月だ」

秋月は釘を刺すように言った。

お義理のように常次郎は詫びの言葉を告げ、

「秋月さまとお会いしたのは今日が初めてでございます。そんなお方を大事なお得意さまにお連れし、売約済みの書籍を買い取るなどという横道にそれた商いなんぞはできません」

常次郎の言い分はもっともだ。

「それはそうだが……そこをなんとか」

秋月はすがった。

ところが無情にも、

「畏れ入ります、そろそろ、お届けに行きませんと」

常次郎は話を打ち切った。

尚も秋月は訴えを繰り返そうとしたが、常次郎は届けに行く仕度を始め、客たちからは白い目で見られ、これ以上粘っては大内家の沽券(こけん)に関わる、と諦めて秋月は文殊屋を後にした。

二

夕闇が迫り、木枯らしが吹きすさんでいる。

敗北感にも似た後味の悪さを際立たせる肌寒い風だ。このまま藩邸に戻る気はしないし、腹も空いてきた。

目についた蕎麦屋に入った。

かけ蕎麦と燗酒(かんざけ)を頼む。蕎麦で胃の腑を満たし、熱燗で身体を温めよう。食欲が満たされ、身体が温まれば気力は回復する。

それにしても、盛清になんと報告しようか。もちろん、正直に伝えるべきだが、癇(かん)

癪を起こされてはかなわない。

なんとかうまく言い繕って怒りを落ち着かせれば、飽きっぽい盛清のことだ。三つきも手に入らないとなれば、『伝習録』のことなど忘れてしまうだろう。

そう思うと秋月は幾分か気持ちが楽になった。かけ蕎麦と、ちろりに入った熱燗が運ばれ、強張った頬が緩む。蕎麦から立ち上る湯気が食欲と、活力を生んだ。

すると、離れた席に座る商人風の客のやり取りが耳に入ってきた。

「さっきの浅葱裏、品がなかったね」

「ほんとだね。殿さまの命令でお使いにやって来たからしゃかりきになって……」

「殿さまにしたって、ろくに陽明学を知りもしないくせに、聞きかじって気紛れで興味を持ったんだろうさ」

「きっとそうだよ。それにしても、あの侍、場所も憚らず、肩を怒らせてしまって……様子が悪いったらなかったね」

「侍といっても出羽の田舎者さ」

などと、文殊屋での秋月をあげつらっている。

身の置き場がない。

安堵の気持ちは雲散霧消し、恥ずかしさと腹立たしさに包まれた。秋月は蕎麦には箸をつけず、燗酒を一息に飲み干すと勘定を置き、外に飛び出した。

空腹に酒を流し込んだせいか、酔いが回った。足元が覚束ないとか胸やけがするとかではないが、もやもやした気持ちで一杯だ。

「もう一軒だ」

秋月は呟いた。

いや、やめておこう。

こんな気持ちではしご酒をしては悪酔いをしかねない。酔客といさかいでも起こしたら自分の身はともかく御家に迷惑をかけるのだ。

と、それは十分にわかっている。

酒を飲まなければいいのだ。蕎麦を食べ損ない、空きっ腹を抱えて帰るのは侘しさが募って耐えられない。この近所で何か食べさせる店はないか、と周囲を見回す。往来の両側は商家が建ち並び、手代や小僧たちが戸締りをしている。

先程の蕎麦屋に引き返すか。

いや、そんなみっともないことはできない。秋月を揶揄した者たちは秋月が居たのに気付いていない様子であったが、戻れば鉢合わせるかもしれない。

彼らとて面と向かって秋月を罵倒はしないだろうが、お互い気まずい思いをする。

すると、横町のどんつきで箱行灯(はこあんどん)の灯りが薄闇に滲(にじ)んでいる。灯りに誘われるように足を踏み入れて近づくと居酒屋だとわかった。夕風に揺れる紺地暖簾には丸本(まるもと)という屋号が白字で染め抜かれていた。

居酒屋なら酒の肴の他に飯や汁もあるだろう。鰯(いわし)でも焼いてもらって丼飯をかき込もう、と秋月は店の前に立った。

懐具合は寒い。盛清から預かった『伝習録』購入資金の金五十両に手を付けるわけにはいかない。鰯と飯だ、汁を付けたところで知れている。

秋月は腰高障子を開けた。

掛け行灯に照らされた店内に人けはない。土間に大きな縁台が二つ、横並びに置かれただけの、味も素っ気もない店だ。

足を踏み入れた瞬間に、店選びを間違えたと悔い、出て行こうとしたが、

「何になさいますか」

主らしき男に声をかけられ、

「酒、冷やで構わぬ」

と、うっかり酒を頼んでしまった。

取り消そうかと思ったがこんなうらぶれた店で一人、飯を食べては侘しさが募るばかりだ。

　寒空を帰るのだ、一杯だけ飲んで身体を温めておこう。しかし、冷や酒では身体も温(ぬく)もらない、と今度は注文を間違えた、と悔いた。

　湯呑に冷や酒が注がれ、秋月が腰かける横に置かれた。

「十文(もん)です」

　料金は酒と引き換えということだ。

　初めて入った店である。明瞭会計は好都合だ。秋月は財布から十文を取り出し、主に手渡した。

　主は礼も言わず、

「つまみは……いりませんか」

　ぶっきらぼうに問いかける。

「そうだな……」

　鰯の塩焼きを頼もうと店内を見回すが品書きがない。おそらくは、常連客ばかりなのだろう。鰯はあるかと問い直そうとしたが主は去ってしまった。

　こんな店だ、料理に期待はできないだろう。さっさと一杯飲んで帰ろう、藩邸に戻れば何か食べられるだろう、と秋月は湯呑に口をつけた。

安いだけあって関東地回りの酒だ。口の奢った江戸っ子には上方(かみがた)からの下り酒(くだりざけ)に比べて人気がない。通常、一合十二文という店が多いが十文とはさらに安い。湯呑に注がれた酒の量も心なしか一合より多そうだ。

ならば、品質が悪いのだろうか。二日酔いになってしまうか。

ま、それでもかまわない、と秋月は続けて飲んだ。

飲み終えると、腰を上げようとした。

すると、暖簾が揺れ、客が入って来た。

「ううん……」

思わず、小さく呻き声が漏れてしまった。

華麗な小袖を身にまとった娘であったのだ。丸髷に結った髪を飾るのは菊をあしらった花簪(はなかんざし)である。

掃き溜めに鶴、とはこのことだ、と秋月は見惚れてしまった。

そこへ、暮れ六つの鐘が鳴った。

「日が暮れるのが早くなるねえ」

主は独り言(ひとご)ちた。

娘は、

「お酒を」

と、注文をした。

鶯（うぐいす）が言葉を発したらかくや、というような美しい声音である。

一体、何者なのだろう。

余計なお世話だし、詮索しても仕方がない。

帰ろうとしたが、

「お侍、代わりをもってきましょうか」

と、主に声をかけられ、

「ああ、頼む」

反射的に注文をしてしまった。

主は湯呑を取りに来た。そこへ、もう一人男が入って来た。

「親父さん、一杯だけ飲ましてくれよ」

若い男だ。

半纏に腹巻、股引（ももひき）を穿いているところを見ると、職人であろう。

「銭、あるのか」

　ぶっきらぼうに主は言った。やりとりからして、男は常連、しかも、あまり銭を持たずに飲みに来るのだろう。

「あるぜ」

　男は巾着を主に渡した。主は受け取り、中を覗く。うなずくと、秋月と男の酒を用意した。

　秋月が飲もうとすると、

「なんでえ、半分しか入っていねえじゃやねえか」

　男は文句をつけたが、

「五文しかないじゃないか。料金分しか出さねえのは当たり前だ」

　主はぴしゃりと跳ね退けた。

「けっ、けち親父め」

　毒づいてから男はちびちびと飲み始めた。

　秋月は二杯目を飲む。段々と頭の中がぼおっとしてきた。普段なら、これくらい飲んでも酔いはしないのだが、やはり、質の悪い酒なのだろう。

　酔いが回ると、娘の妖艶さが際立った。さすがに声をかけるのは自制したが、ついつい見入ってしまった。

娘はぴんと背筋を伸ばし、酒を飲んでいる。

行灯の灯りに娘の横顔が映えた。

それにしても、うら若き娘がこんな場末の居酒屋に一人で飲みに来るとは、どんな事情があるのだろう。

そうか……。

男と待ち合わせているのだろう。とすると、相手の男はかたぎではあるまい。やくざ者、あるいは、売れない役者あたりだろうか。

おそらく、親の目を盗んでの逢瀬（おうせ）なのではないか。

小言（こごと）の一つも言ってやろうか。

いや、よそう。

煙（けむ）たがられるだけだし、余計なお節介である。

すると、

「姉ちゃん」

若い男が声をかけた。

娘は無視している。

「姉ちゃん、聞こえねえのかい」

男はしつこく娘に絡み始めた。

娘は腰を上げて帰ろうとした。

「なんでえ、つれねえな。一杯、付き合えよ」

男は言った。

耳に入らないように娘は戸口に向かった。

「このアマ！　お高く止まりやがって」

男は飛び出し、娘の手首を摑んだ。娘は身もだえをする。

「こんな店に一人で来たんだ。てめえ、かたぎじゃねえだろう」

若い男は言った。

娘は返事をせずに手を振り払おうとした。しかし、男は離さない。

「やめろ！」

秋月は立ち上がり、男に声をかけた。男は振り返る。

「三一か浅葱裏かい。引っ込んでろ。侍だからってでけえ面するんじゃねえ」

男は酒に呑まれやすいのか少量の酒で気が大きくなっている。

「悪酔いをしておるな。さっさと帰れ」

秋月は冷静に声をかけた。

「なにを！」

男は娘から手を離し、秋月に向いた。

娘は手首を押さえてしゃがみ込んだ。

「浅葱裏、人斬り包丁、抜けるもんなら抜いてみろい！」

威勢よく男は啖呵を切った。

「やめておけ」

秋月はなだめたが、

「ふん、情けねえ野郎だ」

男は拳を握り、殴りかかって来た。秋月は難なく手首を握り、捩り上げた。

「い、い、痛ええ……痛えじゃねえか」

男は悲鳴を上げた。

ふと戸口を見ると、娘はいない。店内を見回しても姿はなかった。

秋月は男から手を離した。男は尻餅をついてうなだれた。

「主、邪魔をした」

秋月は主に声をかけ出て行こうとした。

すると、男は立ち上がるや秋月に飛び掛かってきた。

咄嗟（とっさ）に秋月は男の顔面を平手で打ち据えた。男はもんどり打って土間に転がる。面を上げると鼻血が出ている。男は指で拭うと、

「血だあ……」

と、叫び立てて店から出て行った。

秋月が主を見ると軽く頭を下げるだけで言葉を話さなかった。男が娘に絡んだ時も無視していた。客同士のいさかいには関わりたくないのだろう。

こんな安酒場である。

悪酔いした客同士が揉めたり喧嘩を始めるのは日常茶飯事なのだろう。

三

表に出た。

月が昇るのはまだだ。闇夜とはいえ、澄んだ夜空に星が瞬いていた。

男とのいさかいと冷たい風に吹きさらされて酔いが醒めた。

それにしても、娘が気になった。

お礼を言われるのを期待していたわけではないが、なんとなくもやもやしたものが

胸に残った。

もやもやついでにもう一軒行くか、と思ったところで、

「もし……」

背後から呼び止められた。

振り返ると男が立っている。小袖を尻端折り(しりはしょり)にし、股引を穿いて左手には提灯(ちょうちん)、右手には十手(じって)を持っていた。

提灯の灯りに浮かぶ顔は角張っていて目つきが悪い中年男だ。

岡っ引だろう。

「なんだ」

いさかいのことが胸に残っているため、つい不機嫌な口調で問い直した。

「お侍、大変恐縮なんですが、ちょいと番屋までご一緒願えませんかね」

低姿勢だが有無を言わせない態度だ。

「何用だ」

秋月は身構えた。

「いえね、ちょいと厄介(やっかい)な事が起きましてね。お侍、ご存じねえかって、思いましてね。でもって、お話をお訊きしたいんで」

岡っ引は説明したが要領を得ない。

「厄介事とはなんだ」

ひょっとして、さっきの安酒場で懲らしめた男が番屋に駆け込んだのだろうか。侍に乱暴された、捕まえてくれ、と泣きついたのかもしれない。酔った勢いで娘に絡むような男だ、そんな卑怯な真似をしてもおかしくはない。

だが、岡っ引の答えは予想外だった。

「殺しですよ」

岡っ引は野太い声を出した。

「殺し……殺しなんぞには関わりはないな」

心当たりがあるはずがない。秋月は立ち去ろうとした。

「おっと、お侍、こっちの用件は済んでいませんぜ」

岡っ引は十手を翳した。

「無礼な……関わりはないと申しておろう」

秋月が返すと、

「関わりがないのなら、お早く帰って頂けますぜ。さあ、まいりましょう」

岡っ引は執拗である。

娘にしつこく絡んだ男の姿が重なり胸が不快さで一杯になった。

「帰る」

と、踵を返した。

「お上の御用なんですぜ」

岡っ引が立ちはだかった。秋月は怒りを示そうとしたところで、

「久六、どうした」

と、声が聞こえ、侍が歩いて来た。

小銀杏に結った髷、縞柄の小袖を着流し、黒紋付を重ねている。その黒紋付の裾を巻いて帯に手挟んでいた。いわゆる巻き羽織である。

八丁堀同心に違いない。

「江藤の旦那、こちらのお侍に殺しの一件でお話を訊きたいってお願いしたんですがね、応じてくださらないってわけで」

久六は困りましたよと嘆いた。

「北町の江藤と申します。どちらかの御家中でいらっしゃいますかね」

八丁堀同心らしい砕けた口調で江藤幸太郎は語りかけてきた。四十前後、鼻に黒子があり、丸い顔と相まって親しみを覚えるうえに、人の好さも感じた。もっとも、定

町廻りを務めているくらいだから、練達に違いない。

「羽後横手藩大内家家中、秋月慶五郎と申す。殺しとの関わりはないが、どうしても話を訊きたいと申すのなら、藩邸に問い合わせくだされ」

秋月は歩き出した。

すると、

「そいつはいけませんや。まず、番屋で話をお訊かせくださいな」

当然のように江藤は止めた。

「しつこいな」

秋月はむっとなった。

やおら、久六が提灯で秋月を照らした。眩しさで目をそむける。

すると、

「秋月さま、こりゃ、ご説明願わないといけませんや」

江藤は指摘した。

袖口に血痕がある。

先ほどの争いで受けた男の返り血である。

「いや、これは……殺しとは関わりがない……」

つい、動揺してしまった。

江藤と久六は疑わしそうな目をしている。

「よし、きちんと話をする」

秋月は番屋で順序だてて話そうと思い、江藤と久六について行った。


番屋に入った。

大内家の家臣と名乗っているため、土間ではなく小上がりの座敷で吟味が行われた。

「殺しなんですがね」

江藤は言った。

「ちょっと、待ってくれ。殺しとはなんだ。そこを説明してくれ」

秋月が頼むと、江藤は知っているくせに惚けているのか、というような顔をしたが
それは口には出さずに、

「あれですよ」

と、顎をしゃくった。

土間の隅に筵がある。人の形に盛り上がっていることから、亡骸のようだ。

「この先の四辻で斬られたんです。仏の素性は探索中です」

一見して店者だという。

「背中をばっさりですよ」

右肩から背中にかけて袈裟懸けに斬り下げられているそうだ。前のめりに倒れた際、柳の幹に顔面をぶつけたようだ。そのため、顔面は頰骨と鼻が折れ、血まみれとあって面相がわからないという。

「紬の上物の着物を着ていますからね、この界隈にある商家の主でしょう。じきに素性はわかりますよ」

江藤は言った。

「ならば、検めよ」

秋月は大刀を鞘ごと差し出した。

江藤は一礼すると両手で受け取った。次いで、抜き放ち、行灯の灯りに照らした。目を凝らし、舐めるように見入る。

「なるほど、よく手入れをなさっておられますな。秋月さま、大内家中ではどのようなお役目をなさっておられるんですか」

「御用方です。御用方とは出入り商人との折衝役ですな」

秋月は言った。

大刀を江藤は検め終えてから、

「血糊は残っておらぬようですな」

と、大刀を秋月に返した。

「残っておらぬのではござらぬ。はなから血糊など付いておらぬのだ」

秋月は語調を強めた。

「そうですか」

江藤はいなすような物言いをした。

「これで、濡れ衣（ぎぬ）は晴れたであろう」

秋月は言った。

「その血は」

江藤は袖口の返り血を問題にした。

「おっと、そうであったな」

秋月は安酒場で繰り広げたいさかいについて説明した。

「すると、それは鼻血ですか」

江藤は冷笑を浮かべた。

「そうだ」

つい、言葉を荒らげた。

「へ～え、鼻血ねえ」

小馬鹿にしたように江藤は自分の鼻を指で撫でさすった。

「殺しが起きたのはいつだ」

むっとしながら秋月は問いかけた。

「少し前ですな。そう、暮れ六つの鐘が鳴っていた時ですよ」

江藤は答えた。

証人がいるのだという。

秋月は安堵した。

「それなら、拙者ではない。その時、拙者はこの近くで一杯飲んでおった。今すぐにでも確かめてもらえばはっきりする」

堂々と証言をした。

「ほう、そうですかい。なら、早速確かめますよ。申し訳ございませんが同道願えますか」

江藤の申し出にうなずき、

「構わんぞ」

と、応じた。

秋月は腰を上げた。

四

江藤と久六と共に安酒場丸本にやって来た。幸い、暮れ六つの鐘が鳴った直後、見目麗しき娘がやって来て、若い男といさかいがあった。強い記憶となって主の脳裏には刻まれたはずである。

すぐにも秋月の濡れ衣ははっきりとするであろう。

「その先の奥まった所にある」

秋月は江藤と久六を顎でしゃくった。久六は提灯を翳して小走りに路地を駆けていった。秋月と江藤も路地に足を踏み入れると、

「閉まっていますぜ」

久六の声が聞こえた。

「何だと」

思わず、秋月は呟いた。

江藤と店の前に立つと、なるほど店は閉まっている。

久六が、

「おい、開けてくれ」

と、腰高障子を叩いた。

しかし、返事はない。

腰高障子を開けると店内はがらんとしている。二階はなく、主の住まいは別にあるようだ。

「どうします。主のねぐらを探しますか」

久六が問いかけると、

「そうだな……だが、当てもないしな」

江藤は面倒そうだ。

「ならば、明日に出直してはどうだ。むろん、拙者も立ち会う」

秋月は提案した。

江藤と久六は顔を見合わせ、

「夜回りもありますからね」

久六が言うと、

「そうだな。秋月さまにはお手数ですがね、ご足労を願うか」

あくび混じりに江藤は言った。鼻の黒子が微妙に蠢く。

「必ず、来てくださいよ」

久六は釘を刺した。

「武士に二言はない」

秋月は凛とした声音で返した。

江藤は笑みを浮かべ、

「秋月さまを信用しないってわけじゃござんせんがね、八丁堀同心という役目がら、疑り深く育っているんですよ。人を見たら盗人と思えってわけでしてね。それで、何か預けて頂けませんかね。御断りになるんだったら、それで構わないですがね」

明らかに申し出を断ったら、疑いを深めるぞという気持ちが読み取れる。無礼であるし癪であったが無用の疑いを招くことはない。

「よかろう。財布でも預けようか」

秋月は懐中から財布を取り出し、江藤に手渡した。江藤は両手で受け取ると、

「こりゃ、大金が入っているようですな」

と、掌の上で弄んだ。

「御家の公金を預かっておるのだ」

盛清から預かった二十五両の切り餅が二つ、つまり五十両が入っているのだ。まさか、妙な勘繰りをされるかと身構えると、

「財布でも構いませんがそうですな……その鼻血の付いた羽織を預からせてもらいましょうか」

江藤は財布を秋月に返した。

なるほど、秋月が下手人であるなら羽織を処分してしまうことを恐れているのだ。この男、丸い顔と鼻の黒子が災いして凡庸に見えるが、やはり練達の八丁堀同心のようだ。

「構わぬぞ」

財布を着物の小袖に納めてから、秋月は羽織を脱いだ。夜風が身に沁みるが、それよりも身の潔白を立てるのが肝要である。

「余計なことであるが、その羽織は藩主山城守さまより下賜されたものだ。くれぐれも粗略に扱わないで頂きたい」

秋月は言葉を添えた。

「それはそれは……ははあ〜、大事に預からせて頂きます」

恭しく江藤は両手で受け取った。

それはいかにもわざとらしい仕草で腹が立った。そんな秋月の気持ちを煽るように、

「明日は昼過ぎに番屋にいらしてください」

江藤は釘を刺した。

酒場が開くのは昼を回ってからだろうし、それまでに被害者の身元を確かめておくということだった。

藩主から下賜された羽織は人質同然、秋月が逃げることはあるまい、と高を括ったようだ。

藩主盛義の名誉にかけて身の証を立てねばならない。それにしても、自分の行いの迂闊さを秋月は悔いた。

そういえば二年前にも町方の役人との厄介事になった。南町奉行所の同心だった。あの時は町人から一方的な言いがかりを付けられた上、羽織に唾を吐きかけられた。武士の面目にかけて無礼討ちにしたのである。

状況は大違いだが、御家に迷惑をかけることに変わりはない。

つい、ため息が漏れる。

藩邸への足取りは嫌でも重くなった。小袖の襟から秋月を責めるように風が忍び入

る。つい、くしゃみをしてしまった。

忘れていた空腹感が蘇った。

五

その日の夜、平九郎は上屋敷の武家長屋でくつろいでいると、秋月慶五郎の訪問を受けた。秋月は今日の仕事についてさらっと報告してから、

「実は……」

と、芝三島町の安酒場の帰途、殺しの容疑を受けたことをかいつまんで話した。

「申し訳ございませぬ」

秋月は詫びた。

驚きを禁じ得ないものの、

「わたしに謝罪することではない。多少、軽はずみな行いをしたとはいえ、やってもいない殺しの濡れ衣を着せられたとあっては秋月殿の災難だけでは済まされませぬ。もっとも、明日には濡れ衣が晴れましょう……そうだ、わたしも一緒に行きますよ」

と、励ましてから申し出た。

「いやいや、それには及びませぬ。椿殿は多忙なお方、お手数をおかけすることはできませせぬ。自分で蒔いた種です。自分で刈り取ります。なに、酒場に行けば、濡れ衣は晴れます」

微塵の疑いもないように秋月は快活に笑った。

平九郎も引き下がった。

冷静に考えれば、横手藩大内家の留守居役たる平九郎が立ち会えば、事は大きくなる。秋月慶五郎個人の問題ではなく、大内家と北町奉行所、更には幕府との問題にまで発展してしまうかもしれない。

平九郎は秋月に、

「念のために申しておきますが、濡れ衣が晴れた時、決して感情を昂らせないよう」

と、忠告した。

「わかっております。濡れ衣が晴れたら、疑いをかけられたことを不徳と思い、今後の戒めとします……と申してもこれで二度目です。二年前に無礼討ち騒動を起こしておりますからな。ともかく、三度目は絶対ないよう努めます」

殊勝に秋月は返した。

不器用ながら生真面目で誠実なところのある秋月であれば、言葉に偽りはないだろう。

「わかりました。秋月殿、堂々と胸を張って行って来てください」

平九郎は言った。

この時、平九郎も秋月も明日には簡単に解決するのを疑いもしていなかった。

「そうだ、大殿に頼まれた『伝習録』を手に入れることができなかったのです。明日、下屋敷にその旨を報告に行かなければなりませぬが、行けそうにありませぬ。経緯を文にしますので下屋敷に届けてください」

秋月に頼まれ平九郎は快諾(かいだく)した。


明くる二十一日、秋月は芝三島町の自身番に顔を出した。

「ようこそおいでくださいました」

久六が出迎えた。

江藤もにこやかに秋月の来訪に礼を言い、羽織を返した。土間の亡骸はなくなっている。

秋月が羽織に袖を通している間に被害者は三島町の本屋文殊屋の主人、常次郎で、今朝早く、遺族が亡骸を引き取ったという。

「文殊屋常次郎だと……」

秋月は、『伝習録』を巡る常次郎とのやり取りを思い出した。田舎侍と蔑(さげす)む態度に嫌悪感を抱いたが、悲惨な死に様を知ったからには冥福(めいふく)を祈らずにはいられない。

「では、まいりましょうか」

江藤に促され、秋月は自身番を出た。


暖簾は出ていなかったが丸本は開いていた。開店前の準備なのだろう。

久六が店に入った。秋月と江藤も続く。主はこちらを見たが無反応だ。

久六が、

「ちょいと、御用の筋で訊きてえんだ」

と、声をかけた。

主は無言でうなずく。

久六は本題に入る前に主の名を確かめた。為蔵(ためぞう)だと主は答えた。

「こちらのお侍なんだがな、昨夕、暮れ六つの頃、ここで飲んでいらしたかい」

久六が確かめる。

秋月は為蔵が明確な証言をしてくれる、と確信していたが、よく見てくれるよう顔を突き出した。

為蔵は秋月の顔を一瞥(いちべつ)して、

「いいえ」

と、素っ気なく答えた。

「おい……」

秋月は一歩前に出た。

久六は秋月と為蔵を交互に見て、

「覚えていねえのかい」

と、為蔵に問いを重ねた。

「ええ」

為蔵は顔をそむけた。

江藤がやれやれというように秋月を見た。秋月は、

「おい、拙者だぞ。ここで飲んでおっただろう」

と、昨夕に腰かけていた縁台を指差した。

為蔵は横を向いたまま、

「知りませんよ」

ぶっきらぼうに答えた。

この野郎……。

こいつは、娘にちょっかいをかけた若い男を懲らしめた際も知らん顔を決め込んでいた。争いや揉め事に関わるのを避けているようだ。

「拙者の後、そう、暮れ六つの鐘が鳴っていた最中に娘が入って来ただろう。それで、そこで飲み始めた。さらに若い男、そう、職人風の男もやって来た。そなたは男に勘定の持ち合わせがあるか確かめたじゃないか」

つい、早口で捲(まく)し立ててしまう。

それでも反応がないため、男が娘に絡み、それを秋月が中に入った、ということも言い添えた。

「思い出してくれ」

秋月は訴えかける。

為蔵は黙ったままだ。

「おい、お侍が真剣に話をなさっているんだぜ」

久六が語りかける。

江藤も、

「作り話とは思えないぞ」

と、言い添えた。

「あっしゃ、知らねえものは知らねえ。こちらのお侍は思い違いをなさっておられるんじゃありませんか」

為蔵は言った。

「そんな……」

秋月は近づいたが為蔵は避けるように後ずさった。

「この者、偽りを申しておる」

秋月は言い立てた。

そう言いながらも、まるで自分が嘘を吐いているような気分になってしまった。

「旦那、もういいですか。支度がありますんで」

話を打ち切り、為蔵は台所に入った。

「おい」

秋月は追いかけようとしたが、

「これ以上話しても同じですぜ」

江藤に止められた。

「しかし……」

　このまま引き下がるわけにはいかない。為蔵が駄目なら、

「娘と若い職人風の男を探してくれ。この界隈に住んでいると思う」

　訴えかけるように頼んだ。

「そうですかい」

　江藤は困った顔をした。

　久六が、

「無駄足になるんじゃござんせんかね」

　と、言った。

　すると江藤が、

「おい、探索に無駄足はつきものだ。それにな、秋月さまは濡れ衣だとおっしゃっているんだ。おれたちは探索をするのが仕事だぜ」

　実にものわかりのよさそうなことを江藤は言った。

　ほっとしたところで、

「ならば、頼む。おおそうだ、羽織を置いてゆくからな」

　秋月は羽織を脱ごうとした。

「それには及びませんや」

江藤は止めた。

自分を信用してくれているのかと秋月は江藤に感謝した。

ところが、

「番屋に来てくださいな」

江藤は十手をちらちらと振った。

「なんだと」

秋月は江藤を見返した。

「番屋にいらしてください」

江藤も疑わしそうな目で秋月を見て繰り返した。鼻の黒子が微妙に震える。

「断ったらなんとする」

舐められてなるものか、と言い返す。

江藤は無表情で、

「昨日の夕刻近く、文殊屋で常次郎と揉めていた侍がいたそうですよ。何人かの者が耳にしておりますが、その侍は羽後横手藩大内さまの御家中秋月、と名乗ったとか」

淡々と述べ立てた。

常次郎の憎々し気な顔が脳裏に浮かんだ。

「いや、あれは、いさかいではなく、書籍購入を巡ってのやり取りだ。王陽明の『伝習録』を……」

説明をしたが江藤は歩き出した。

よし、構わぬ。

自身番で事情を説明しようと思ったところで久六が、

「行きますよ」

と、声をかけ、秋月の背後に回った。

「安心しろ。逃げはせぬ」

秋月は従った。


昼下がり、平九郎は北町奉行所からの連絡を受け、芝三島町にある自身番にやって来た。

秋月は濡れ衣が晴れていないようだ。秋月は嘘を吐くような男ではない。だが、それはあくまで平九郎が知る秋月である。無実の罪を晴らすには客観的にそれを明らかにしなければ意味がないのである。

しかし、秋月は無実に違いない。

それを信じなければ、事態は改善できないのである。


芝三島町の自身番にやって来た。

「御免」

断るのももどかしく平九郎は中に入った。小上がりの座敷に秋月がいた。側に座る八丁堀同心が北町の江藤であろう。

平九郎が名乗ると江藤も挨拶を返した。

「椿殿、すまぬ」

秋月は頭を下げた。

平九郎はうなずき返し、

「事情をお聞きしましょう」

と、座敷に上がった。

江藤から文殊屋常次郎殺しの経緯が語られた。

「昨日の暮れ六つに殺害されたと特定できたのはいかなるわけでござる」

平九郎は確かめた。

「証人がいるんですよ」

江藤は答えた。

「どのような」

平九郎は視線を凝らした。

証人とは、この近くに住む長屋の女房、三人であった。

「三人にはですね、昨日、秋月さまに番屋に来てもらった時に、面通しをさせたんです」

三人は格子窓の隙間から秋月を見て、秋月が常次郎を斬ったのだと証言したそうだ。

「ですがね、何分(なにぶん)にもあっと言う間の出来事ですしね、三人は人が斬られたのを見るなんて初めてですからね、見間違いってこともある。実際、女房の三人は秋月さまを見て、自信なさそうでしたよ。ですんでね、おれは秋月さまの証言を信じて秋月さまの身の潔白が立つ商人の話を聞いたんですがね」

いかにも江藤は親切ごかしに言った。

「証言は得られなかったのか」

平九郎の問いかけに、

「秋月さまが飲んでいらしたっていう酒場の主に確かめたんですがね、秋月さまを覚えていないってんですよ。そこの店は安酒場でしてね、お侍が足を向けるような店じゃないんです。秋月さまが店を利用したんなら、嫌でも目立ちますよ。それに、昨日の今日の話ですよ。それなのに、覚えていないそうなんですよ」

淡々と江藤は述べ立てた。

「主が偽りを申しておるのではないのか」

平九郎は問うた。

「なんで嘘を吐く必要があるんですか……ま、それは置いておくとして、で、秋月さまが店に居合わせたとおっしゃる娘と職人を探しているんですよ」

江藤は言った。

「そうか」

平九郎はうなずく。

すると、久六が戻って来た。若い男を伴っている。

「おお、そなた」

秋月は腰を浮かした。

平九郎も男を見た。

久六が、

「大工の茂吉（もきち）だそうです」

と、男を紹介した。

茂吉はおずおずと頭を下げる。

江藤が、

「おまえ、昨日、芝三島町の酒場、丸本で飲んでいたか」

と、問いかけた。

「はい」

言葉少なそうに茂吉は返事をした。

秋月は笑みを深めた。

江藤は問いを重ねる。

「ここにおる者でその時、丸本で居合わせた者はおるか」

秋月は名乗り出たそうなのをぐっと堪（こら）えている。

茂吉はぐるりと見回し、

「いいえ」

と、かぶりを振った。

秋月は口を半開きにした。

「しかと相違ないな。何なら、近くまで寄って確かめろ」

江藤は言った。

「あっしゃ、目はいいんで」

と、断り、茂吉は再度、見回した。

それから、

「おりませんよ。大体、丸本は、お侍や八丁堀の旦那や目明し方が行くような店じゃござんせんぜ」

と、言い添えた。

秋月が両目を大きく見開いた。

江藤は、

「茂吉、こちらのお侍がいらっしゃったんじゃないのかい」

と問いかけた。

「いいえ」

きっぱりと茂吉は否定した。

六

「おい、おまえ、拙者を覚えているだろう」

堪らず秋月は座敷から飛び降りた。茂吉は悲鳴を上げながら久六の背中に逃げ込んだ。

久六が、

「秋月さま、こいつを脅すのはいけませんや」

と、渋面を作った。

秋月は表情を和らげ、

「茂吉、そなた、丸本で娘に絡んだだろう。それで、拙者が娘が嫌がっていると止めに入ったではないか」

「そんなことは」

茂吉は覚えていない、と繰り返す。

「そうか……そなた、拙者を恨んでおるのだな。拙者がそなたの顔面を張り飛ばしたのを根に持っているのか。じゃが、そなたが殴りかかって来たのだぞ」

秋月は言い立てたが、

「おいら、知らねえや」

茂吉は声を大きくした。

「そなた……」

秋月は茂吉に詰め寄ろうとした。

「秋月さま」

江藤が止めに入った。

秋月は江藤を見たが、ため息を吐いて口を閉ざした。

「茂吉も秋月さまを覚えていないと言っておりますぞ。さて、困りましたな」

江藤は楽しむかのようだ。

秋月は肩を落とした。

「も、いいですかね」

おずおずと茂吉は久六に確かめた。久六の代わりに、

「帰っていいぞ」

江藤が許した。

茂吉が出て行こうとするのを、

「ちょっと、待て」

平九郎が止めた。

茂吉は平九郎に向いた。

「その顔の痣(あざ)はどうしたのだ」

平九郎は指摘をした。

「ええっ」

慌てて茂吉は顔を覆った。平九郎は近寄り、茂吉の手首を握ると顔から引き離した。鼻や頬が腫れている。久六もまじまじと見つめる。

「どうしたのだ」

平九郎は問いを重ねる。

茂吉は伏し目がちとなり、

「ゆんべ、酔ってしまいましてね、道端ですっ転んだんですよ。ほんと、どじな話でしてね」

と、言い訳をした。

「転んだのか……」

疑わしそうに平九郎は言った。

「ええ」

茂吉はすごすごと出て行った。

平九郎の機先を制するように江藤が語った。

「茂吉の証言は信憑性に欠けますが、それは秋月さまの正しさを物語るものではありませぬな」

「それはそうだが……そうだ、娘だ。安酒場に不似合いな娘。娘の所在はわかったのか」

平九郎は久六を見た。

「見つからないんですよ」

久六は答えた。

「真面目に探したのか」

つい、平九郎は強い口調で詰問してしまった。

「探しましたよ、見損なわないでくださいな」

気分を害したように久六は十手を翳した。すると江藤が、

「椿殿、この久六はですな、すっぽんの久六という二つ名が示すように、それはもう食いついたら離さない男です。これと目をつけた者の探索や人探しに関しては久六程の岡っ引はおらんのですよ。それで、こいつはたびたび御奉行から褒美をもらってい

るんですよ」

　と、言い立てた。

「ほう」

　平九郎は久六を見た。

　久六ははにかむように横を向いた。

「それほどの凄腕なのか」

　平九郎は疑わしそうに久六を見る。

「こいつはね、元々は博徒ですよ。どうしようもない野郎だったんですがね、親分の女を寝取って破門されましてね。それでも、やくざの世界や賭場、盛り場に精通していますからね、伝手をたどっての人探しにはもってこいなんですよ」

　説得力を高めるために江藤は言い添えた。

「その凄腕の岡っ引、久六親分が探しあぐねているということか」

　平九郎は言った。

「探しあぐねる……その通りかもしれませんが……」

　江藤は言った。

「しかし、いくら人探しの達人でも今日一日探し回ったところで、必ずしも探し出せるものではないかもしれん」

　平九郎は疑問を呈した。

　久六は、

「娘一人が丸本にやって来たんですよ。夕暮れ時にね。夜の帳が下りてから自宅に帰るとして、娘の足で夜道を歩いて行ける範囲ですよ。精々、五町四方ですね」

と、言った。

　つまり、丸本を中心に五町四方の町人地に該当する娘が居住している、と久六は当たりをつけて虱潰しに探したそうだ。

「その娘、芝界隈に住んでおると断定できるか」

　平九郎が問うと、

「決めつけられませんが、そんな遠くからわざわざ丸本のような安酒場にやって来ますかね」

　久六は反論した。

「逢瀬であったのかもしれぬぞ」

　秋月が口を挟んだ。

　平九郎も、

「そうだ、そう考えるのが適しておるのではないのか」

賛同する。

「あんなしけた店で男と待ち合わせですか」

久六は笑った。

「待ち合わせた後に別の店に行く予定であったのかもしれぬぞ」

平九郎の考えを受け、

「別の店にしたってそう遠くはありませんや」

冷めた口調で久六は返した。

「その男の家に泊まるつもりであったのかもしれぬ」

平九郎は言い立てた。

「そりゃ、勘繰ればきりがありませんや」

さじを投げたように久六は言った。

「だから、探し足りないと申しておるのだ」

平九郎は言った。

「そりゃ」

久六は口をつぐんだ。

江藤が、

「だからって、秋月さまの身の潔白が晴れたってわけじゃござんせんや」

と、言い添えた。

「よしわかった。わたしがその娘を探し出す。娘を探し出すばかりか秋月慶五郎の身の潔白を立てる」

平九郎は決意を語った。

秋月は平伏した。

江藤は白(しら)けた顔で、

「餅は餅屋ですよ。殺しの探索となりますとね、留守居役さまの職分とは程遠いんじゃないでしょうかね」

続けて久六も、

「お侍さまには中々心を開かない者もいますぜ。そうすんなりと口も利いてくれないような、癖のある奴が珍しくはないんですよ」

と、付け加える。

「それは承知だ」

平九郎は受け入れた。

「そうですか、ま、止めませんがね」

江藤は十手で自分の肩をぽんぽんと叩いた。

「ならば、探索の間、秋月の処分は待ってもらう」

有無を言わせぬ口調で平九郎は頼んだ。

江藤は首を傾げたが、

「でもね、解き放つってわけにはいきませんや。小伝馬町の牢屋敷に入ってもらいますぜ」

これは譲れない、と頑として言い張った。

「入りましょう」

秋月が承諾した。

「必ず、出すからな」

平九郎は声をかけた。

「探索の間、とおっしゃいますがね、そうそう待てませんよ。吟味はおれたち同心じゃなくて与力さまがなさるんでね。一つきも半年も待てませんぜ」

という江藤の言葉に、

「そうですよ」

久六も賛同した。

「わかった。来月の十日を期限としよう」

算段があって言ったわけではない。

「そりゃ、おれが承知する立場にありませんから与力さまに話を通しておいてくださいな」

江藤は言った。

各大名家の留守居役は町奉行所の与力と誼を通じている。藩士が町人地で町人と揉め事を起こした際に、穏便に済ませてくれるよう付け届けを持ってゆく。

平九郎も南北町奉行所には懇意にしている与力がいる。

「承知した」

平九郎は請け負った。

「さて、大変でしょうが」

江藤も久六も平九郎の無謀さをほくそ笑んだ。

「必ず濡れ衣を晴らすぞ」

平九郎は秋月に誓った。

第二章　濡れ衣探索

一

翌二十二日の昼、上屋敷で秋月慶五郎の一件につき、協議を行った。

藩主山城守盛義と平九郎の上役、留守居役兼江戸家老矢代清蔵（やしろせいぞう）の他、大殿盛清も同席している。

「気楽（きらく）はどうした。こういう時こそ、役立つ男だぞ。口八丁手八丁、世事（せじ）に慣れた気楽なら町方に引けをとらず、秋月の濡れ衣を晴らしてくれるに違いない。実に頼もしい男なのだ。気楽を呼んでおろうな」

盛清は平九郎に問いかけた。

気楽こと佐川権十郎（さがわごんじゅうろう）には上屋敷に出向いて欲しいと使いを送った。

この時代、各々の大名屋敷には出入りの旗本がいた。旗本は幕府の動きを掴む貴重な情報源であるからだ。大内家の場合は旗本先手組組頭の佐川権十郎がその役割を担っている。

佐川は口達者で手先が器用で多趣味、特に落語や講談は、玄人はだし、おまけに世情に通じているとあって座持ちがいい。

盛清は当代一の人気を誇る落語家、三笑亭可楽をもじって佐川に、「気楽」というあだ名をつけた。

佐川は盛清の話し相手にもなってくれる。ふらりとやって来ては茶飲み話をしてゆく。茶飲み話には幕閣の動きはもちろん江戸の市中での噂話や流行り物などもあった。

「それが、佐川殿は病だそうで……」

平九郎が答えると、

「役に立たん男だな」

一転して盛清は佐川をくさした。

「いくら佐川殿でも病には勝てませぬ。秋月の濡れ衣はわたしや当家で晴らさねばなりませぬ」

平九郎が佐川を庇うと、

「ふん、馬鹿は風邪をひかぬと申すが、してみると気楽は阿呆ではなかった、ということじゃな」

何処までも憎まれ口を盛清は叩いた。

場の空気を改めるように矢代が空咳をしてから切り出した。

「北町の年番与力武藤義郎殿には、わしが出向いて念入りにお願いを致しましょう」

年番与力とは与力の筆頭、奉行に次ぐ存在である。と言っても身分は御家人、幕閣の要職を占める町奉行とは身分差は大きい。それでも、町奉行は転任するが与力は終生に亘って奉行所に奉職する。つまり、奉行所の隅から隅まで知り尽くしているのだ。このため、町奉行は与力、特に年番与力の意見に異を唱えることはまずない。幕閣の要職者として奉行所の役目以外にも役務がある奉行は年番与力に実務を任せているのが実情だ。

「よかろう」

盛義は了承した。

父親と違い盛義は温厚な人柄で家臣たちの進言をよく聞き入れる。そのため、「よかろうさま」と家中では呼ばれているが、揶揄ではなく盛義への好感を表している。

「清正、そなたは引き続き常次郎殺しの探索を行え。それと、藤間源四郎にも命じよう。殿、よろしいかな」

藤間源四郎とは大内家の隠密だ。

情報収集に優れた凄腕である。

藤間は扮装の達人である。行商人、料理人、大工など変幻自在に成りすます。単に姿形を装うのではなく、扮した職種の者、たとえば料理人になったなら、本職と遜色のない包丁さばきや味付けができる。実に器用でしかも観察眼を備えた男なのである。

ふと平九郎は、

「秋月は大殿のお使いで文殊屋を訪ねたのですな」

「そうじゃ。王陽明の『伝習録』を買い求めさせたのじゃ。あいにく、『伝習録』は売約済みであった。売り先は直参旗本尾上兵部、今は号して一風斎を称しておる。博識と評判でな、学者としても名が通っておる。特に陽明学には精通し、屋敷には陽明学の学徒が詰めかけておる。秋月の文によると、文殊屋は尾上屋敷に、『伝習録』上中下巻を二十揃えも届ける予定になっていたそうじゃから、門人用であろう。秋月は生真面目ゆえ、わしに是が非でも、『伝習録』を買って帰ろうと文殊屋で粘ったに違いあるまい……」

陽明学に傾倒し始めた盛清は尾上一風斎を畏敬しているようだ。また、秋月が事件に巻き込まれたのは、盛清の用事で文殊屋に出向いたからだ、と多少の責任を感じているようである。

ともかく、秋月慶五郎の濡れ衣は大内家の体面も穢すものだ。御家の体面を守るのは留守居役の重要な役務である。

そんな平九郎の心中を見抜いたように、

「清正、おまえの責任は大きいぞ」

盛清は厳しい目で平九郎を見た。

五日後の二十七日、分厚い雲が垂れ込め、今にも雪が降りそうな昼、平九郎は小伝馬町の牢屋敷にやって来た。地味な紺地無紋の小袖に袴穿きである。

小伝馬町の牢屋敷は表間口五十二間二尺五寸、奥行き五十間、坪数二千六百七十七坪で、概ね一町四方の四角な造りとなっている。

表門は西南に面した一辺の真ん中に設けられ鉄砲町の通りに向かっていて、裏門はその反対小伝馬町二丁目の横町に向かっていた。

すなわち、町家の中に存在しているのだ。

といっても、周囲には忍び返しが設けられた高さ七尺八寸の練塀が巡らされ、その外側は堀で囲まれてあり、町家の中にあるだけにその異様は際立っていた。

平九郎は表門を潜(くぐ)った。

すぐ左手に塀が裏門まで連なっている。塀を隔てて右側には牢屋奉行石出帯刀(いしでたてわき)や牢役人の役宅と事務所があり、左側が監房である。

監房は東西に分かれ、それぞれに大牢、二間牢が一つと揚屋(あがりや)が二つある。この内、大牢と二間牢を合わせて惣牢(そうろう)と称した。他に揚座敷(あがりざしき)、女牢、百姓牢が別に設けてあった。身分によって入る牢が異なる。東牢、西牢の間にある当番所に顔を出して、

「羽後横手藩大内家留守居役、椿平九郎でござる。当家の秋月慶五郎の面会に参った。よしなに、お取次ぎを願いたい」

と、心付けとして紙に包んだ一分金(いちぶきん)を手渡した。

「承知しました」

役人は下にも置かない対応をした。

金一分の効果はてき面で役人は更に親切になり、町人を収容している大牢へと案内した。秋月は武士であるため、揚屋への入牢が認められたが町人たちと同じ大牢でいい、と主張したのだとか。

無実とはいえ、御家に迷惑をかけたと秋月は責めを負っているのだろう。濡れ衣が

晴れず、断罪に処されたなら大内家の体面に傷がつく。その際、大内家から離れ、無関係の体裁を取り繕うのを想定し、武士の身ではないという言い分を通すための伏線と考えての対応かもしれない。

大牢の外鞘（廊下）にやって来た。

外鞘の内側には格子で囲まれた幅五間、奥行き三間、すなわち三十畳の広さの牢房、これを内鞘と呼んでいる。外側にも格子が設けられ、外鞘の幅は表通りで一間半、裏通りは二間の土間である。

内鞘すなわち牢内には、囚人たちの間から鍵役同心によって選ばれた牢名主を筆頭に十二役があり、囚人たちをまとめていた。まとめていたといえば聞こえがいいが、囚人が密かに持ち込む金品によって、待遇が変わり、気に入られないと、露骨ないじめに遭うのが常識である。

昼間だが、牢の中からは鼾や寝息が聞こえる。牢役以外の平囚たちは布団もなく、身を海老のように曲げてひたすらに寒さを凌いでいた。

寒さを凌ぐばかりではなく、一畳分に十人も詰め込まれているとあっては、そんな体勢にでもならなければ、寝られたものではないのだ。

格子の隙間から、

「秋月慶五郎」

と、役人が声をかける。

薄い生地のお仕着せを身に着けた秋月が立ち上がった。布団に寝ているのを見ると、牢屋敷にあって秋月は好待遇を受けているようだ。

平九郎の心中を察した牢役人が、

「大内さまから何かと心付けや見舞品が届きますので、牢名主も牢役人も秋月殿には気を遣っております。それに、秋月殿は大変にお人柄が好く、武士というのに威張らず、囚人たちに接しておりますので、牢内の評判もよいのです」

と、打ち明けた。

いかにも秋月らしい。

秋月は格子までやって来た。牢役人が鍵で牢を開け、秋月を外鞘に出した。月代と無精髭が伸びているが目は生き生きとした輝きを放っており、平九郎はひとまず安堵した。

「椿殿、わざわざの面会、ありがとうございます」

丁寧に秋月は礼を述べ立てた。

「そら」

途中で買い求めた五合徳利を平九郎は牢名主に与えた。

秋月にも五合徳利を与えると、口をつけてごくごくと咽喉を鳴らしながら飲んだ。口から酒が溢れ、口の周りを覆う無精髭が濡れた。

「これが一番の寒さ凌ぎですね」

秋月は続けて二口を飲んだ。秋月がひとしきり飲むことを見届けてから、

「話をしようか」

平九郎は語りかけた。

秋月は黙ってうなずいた。

「ここではなんだ」

平九郎は役人を見た。

番所でどうぞ、と役人は言った。


番所の中で平九郎は秋月と面談に及んだ。

さすがに、番所の中は畳が敷かれ、火鉢が置かれているため、牢屋のように寒々とはしていない。役人が熱いお茶も淹れてくれた。

湯呑を両手で持つとかじかんだ手が温まって人心地ついた。

「今のところ、期待には応えられておらぬ」

平九郎は風呂敷包みを渡した。そこには着替えの下着と着物、それに、金が五両分を一分金と一朱金で用意してある。

それから、

「大殿からだ」

と、盛清手製の木馬を見せた。お世辞にも出来がいいとは言えない。馬と聞いたから木馬とわかるが知らなければ何物だと判断ができない。

それでも、いや、それだからこそ、冬の牢屋敷の殺伐（さつばつ）とした光景には癒（いや）しを感じさせる。それが盛清の励ましでもあった。

「ありがたき幸せ」

秋月はにこりとした。

「それと、殿よりだ」

平九郎は盛義から預かってきた草双紙（くさぞうし）を見せた。盛義はこっそりと草双紙を読むのを楽しみにしている。

「殿、お好きですからな」

秋月は微笑んだ。

「秋月殿が嘘を吐いておるはずはない。また、記憶違いでもあるまい。あの晩、藩邸に戻った秋月殿は言葉がしっかりとしていたし、話に辻褄が合わないこともなかったものなあ」

平九郎は腕を組んだ。

「そうです。湯呑に三杯しか飲んでいません。質の悪い酒でしたが我を忘れることなどはありませんでした」

秋月の言う通りである。

「すると、丸本の主為蔵と大工の茂吉が嘘を吐いている。何故、嘘を吐いたのだろうな……今の段階で考えられるのは何者かに言い含められた、ということだ。想像を進めると言い含めた者が文殊屋の常次郎を殺した者、ということだ。それゆえ、常次郎の身辺を探っているよ」

平九郎の話を受け、

「すみませんな」

秋月はぺこりと頭を下げた。

「やめてくれ。わたしが引き受けたのだから、これからはわたしの責任だ」

平九郎は言った。

「娘は……」

秋月は首を捻った。

「藤間さんが探している」

平九郎が言うと、

「それは心強い」

と、喜んだのも束の間、

「凄腕の隠密、藤間さんならすぐに探り当てそうなものですが……」

と、不安を募らせた。

「正直、藤間さんも苦戦しているようだ。それにしても、藤間さんでも見つからないとは不思議だな」

平九郎も首を捻ると、

「あんなに目立つ娘だったんですがね。菊の花簪といい、忘れられないような娘でした。あ、いや、懸想したわけではないですよ。もう一度見ればわかります。自信を持て言えます」

力を込め、秋月は述べ立てた。

「近日中に見つかるよ」

凄腕の隠密藤間源四郎頼みなのだが、平九郎は励ますつもりで賛同した。

するど秋月は新たな不安を募らせた。

「見つけ出したとしても、為蔵や茂吉のように娘も拙者を覚えていない、と証言をするのではないでしょうか」

「悪い方に考えることはない。疑心暗鬼を募らせるのはよくないからな。濡れ衣が晴れるのを信じて待っていてくれ。きっと、牢屋敷から出られ、大内家に戻ってこられるさ。殿も大殿もその日がくるのを一日千秋の思いで待っておられる。気を確かに保て……物は考えようだ。これも武芸修行だ。過酷な環境で平静を保つという修行だぞ」

我ながら勝手な理屈だが、平九郎は秋月を励ました。

「そうですよね」

秋月は素直に受け入れた。

それを見て平九郎は罪悪感を覚えた。

秋月の話では、娘は若い大工に絡まれたところを秋月に助けられながら、礼どころか一言も発せずに店から出て行った。その所業は面倒事への関わりを避けたがる人柄い。

を示している。秋月が危惧したように秋月を覚えていない、と証言をするかもしれな本音を隠し、お為ごかしを言ったことへの申し訳なさが胸に込み上がったのだ。

すると、穏やかな表情になった秋月であったが、またもや不安に襲われたようだ。

「ひょっとして、娘は殺されたのではないですかね。だから、いくら探しても所在がわからないのでは」

秋月の考えを受け、

「娘の亡骸は見つかっていないぞ」

平九郎は否定した。

「何処かに掘って埋めたのかもしれません」

秋月は疑いを深めた。

「それにしたって、身内から訴えがあるだろう。年頃の娘、珍しい花簪や艶やかな着物からして親は相当に可愛がっている。そんな娘がいなくなれば、奉行所に問い合わせるはずだ」

平九郎の冷静な説明を受け、

「それは、その通りですね」

ほっとしたように秋月は認めた。

二

藤間源四郎は丸本にやって来た。

風呂敷包みを背負い、行商人のふりをして通っている。通ううちに主の為蔵は目が合えば軽い会釈くらいしてくれるようになっている。

茂吉とも一緒になっている。

茂吉は酒を二杯飲んだところで、

「もう一杯くれ」

と、頼んだ。

「なんでえ、懐が温かくなっていい気になるんじゃねえぞ」

為蔵はぶっきらぼうに言いながら三杯目を湯呑に注いだ。

「親父さんだっていい具合じゃないかよ。貯め込んでばかりいねえで使うもんだぜ」

茂吉は言った。

「銭なんざ、使えば切りがねえ」

為蔵は言う。

「おいら、宵越しの金は持たねえんだよ。江戸っ子の粋ってもんだ」

茂吉は粋がった。

店内にはぱらぱらと一人客が各々の料簡で飲み食いを楽しんでいる。

藤間は茂吉に近づいた。

「兄い、景気が良さそうだな。羨ましいよ」

語りかけると、

「まああだ」

茂吉は警戒心を呼び起こしたようで言葉短く答えた。

「腕がいいんだろうな。腕っこきの大工さんなんじゃないかい」

藤間の問いかけに、

「おいら、大工だけどよ、棟梁からは半人前扱いだよ」

首を左右にふり茂吉は返した。

「そうかね、そうは見えないね」

藤間は微笑みかけた。

「あんた、行商人か」

「そうだよ、小間物を扱っているんだよ」

藤間は風呂敷包みを開いた。櫛や笄、簪などが並べられる。

「へ〜え、こりゃ、女に喜ばれそうな品物ばかりだな」

茂吉はしげしげと眺めた。

「兄いはモテるだろう。何人もいい女がいるんじゃないのかい。女を喜ばしてやったらどうだい」

藤間が勧めると、

「おいら、モテねえやな。小間物なんざ買ったってやる相手はいねえぞ。おいらに小間物の商いは無駄ってもんだよ」

茂吉は横を向いた。

「何も無理やり売りつけようっていうんじゃないんだ。そうか、兄い、目が肥えているから満足する小間物がないんだな」

「そんなんじゃねえって。おいら、ほんと、女とは縁がないんだ」

「信じられないが、それでも、想いを寄せている女がいるんじゃないか」

にんまりと笑って藤間は問いかけた。

茂吉は酔いが回ったのか相好を崩し、

「ま、いなくはねえがな」

「だったら、簪の一つも買ってやったらどうだい、きっと、喜ぶよ」

ここぞと藤間は勧めた。

「そうだな」

改めて茂吉は簪を眺めた。その内で一つ、

「これ、いくらだい」

と、朱色の玉簪を手に取った。

「そりゃ、一分だね」

藤間は言った。

「そりゃ、結構な値だな」

おずおずと茂吉は簪を風呂敷に戻した。

「じゃあ、鼈甲(べっこう)は」

今度は鼈甲細工の簪に視線を向けた。

「二分だね」

藤間はさらりと言ってのけた。

「そうかい、そりゃ、すげえや」

茂吉はとても手が出せねえ、と諦めた。

「いい品なんだがな」

残念そうに藤間は無理強いはしない、とそれ以上は勧めず、風呂敷を包み始めた。

為蔵が、

「茂吉が簪なんか持っていたって宝の持ち腐れだもんな」

と、からかいの言葉を投げかけた。

「うるせえよ」

茂吉はむっとなる。

「本当のことを言ったまでだ」

為蔵は言った。

「ふん、親父さんだって女っ気はねえじゃねえか。上(かみ)さんに逃げられてからよ」

茂吉は返した。

「馬鹿、わしが叩き出したんだ」

為蔵は渋面を作った。

「よく言うぜ」

茂吉がからかった。

剣呑な空気が漂ったところで、

「あ、そうだ、これがあったな」

藤間は着物の袖に入れてあった菊をあしらった花簪を取り出した。

行灯の灯りに煌めく簪に茂吉と為蔵の目が吸い寄せられた。

二人とも驚きと困惑の表情が入り混じっている。

藤間は確信した。

二人はこの簪を覚えている。ということは娘のことも知っているはずだ。

「どうだい、こりゃ、珍しいんだよ。都の小間物屋で扱っているんだ。舞妓なんかが髪を飾るんだよ」

藤間が語りかけると、

「そ、そいつは珍しいな。いかにも都風だぜ」

茂吉は受け入れたものの横を向いた。

為蔵も目をそむけ、台所に入ろうとしたがよほど気になったのか、ちらりと振り返ってもう一度見た。

「どうです、兄い。お近づきの印にお安くしときますぜ」

藤間は勧めた。

「いや、おれには過分に過ぎるぜ」

茂吉は遠慮した。

「一分でいいよ」

藤間は花簪を茂吉の手に握らせた。

「いや、おいら、いらねえよ」

茂吉は花簪を藤間に戻した。

次いで、

「親父さん、邪魔したな」

そそくさと茂吉は出て行った。

藤間は店に残った。やがて、客がいなくなった。

「お客さん、そろそろ看板だ」

為蔵が声をかけてきた。

「すまないねえ。長っ尻になってしまったね。ついでにあと一杯だけ」

藤間は空になった湯呑を差し出した。

「これっきりにしてくだせえよ」

釘を刺してから為蔵は酒の代わりを用意した。

「すみません」

殊勝に礼を言ってから藤間は美味そうに目を細めて酒を飲み始めた。

為蔵はぶっちょう面である。

「親父さん、あの花簪に興味があるようだったね」

藤間は語りかけた。

「ええっ」

為蔵は目をむいた。

藤間は黙って見返す。

「いえ、その、珍しい簪だったんでね、つい、見入ってしまったってわけで」

為蔵は言った。

「一度見たら忘れがたいものね」

藤間が返すと、

「そのようですな」

為蔵は曖昧(あいまい)に言葉を濁した。

「実際に髪を飾っていた娘がいたら、覚えているね」

不意に藤間は目つきを鋭くした。

「な、何を……」

為蔵はどぎまぎとした。

「今月の二十日の夜、菊の花簪で髪を飾った娘がこの店に来ただろう」

口調も行商人の腰の低いものから厳しくした。

「あんた、一体、なんだ。お上の関係の方ですかい」

為蔵の声が上ずった。

「公儀とは関係ない。しかし、花簪の娘を探している」

冷然と藤間は告げた。

「わしは知りませんよ。うちに来たのはあの夜が初めてで……」

つい、口を滑らせ、為蔵は慌てて口を手で覆った。

藤間はにんまりとした。

「なあ、親父。どうして、あの夕暮れに秋月慶五郎さんがこの店に来たのを覚えていないと言ったんだ」

「あんた、何者だ」

顔を引き攣らせ、為蔵は後ずさった。

「答えになっていないぜ」

藤間は簪を取ると、為蔵に投げつけた。簪は為蔵の着物の袖を小机に縫い付けた。

「ひえ〜」

悲鳴を上げて為蔵は恐怖におののく。

「手荒な真似はしたくはない。誰かに言い含められたんだな。茂吉もそうだろう。あんたと茂吉のやり取りからして、小金を貰ったのだろう。口止め料だな」

藤間の追及に、

「知らないんですよ」

為蔵は身をすくませた。

「惚けなさんな」

藤間は指をぽきぽきと鳴らした。

「いや、その」

為蔵はおろおろとした。

「そなたが嘘を吐いたがために一人の男が窮地に立っているのだ。やってもいない罪を背負わされ、死罪に処せられるかもしれぬ。いくら貰ったのかは知らぬが、金欲しさで一人の男を死に追いやるつもりか」

語気を強め、藤間は責め立てた。

面を伏せていた為蔵であったが、

「そりゃ、申し訳ねえと思いますよ。でもね、こっちも命がけなんですよ」

と、顔を上げて訴えかけた。

「命がけとは」

藤間は首を傾げた。

「それが……」

為蔵はぶるぶると震え始めた。

「常次郎が殺された時、この店に秋月が居たと証言したら、殺すと脅されたのだな」

藤間の問いかけに為蔵は答えなかったがかすかに首を縦に振った。

これで、秋月の濡れ衣が晴れる、と藤間は逸る気を落ち着けて、

「口止めをしておるのは、何者だ」

藤間は問いかけた。

「それはご勘弁を」

為蔵は躊躇いを示した。

「怖いか……無理もないな。ならば、大内家の藩邸に身を寄せてはどうだ」

藤間は勧めた。

「いえ、それは」

為蔵は気が進まないようだ。

藤間が方策を考えていると、

「一日、待ってください」

為蔵は頭を下げた。

藤間は思案をした。ひょっとしたら、為蔵は逃げるかもしれない。口止め料としていくら貰ったのか知らないが、引っ越しができる金額であろう。

「どうか、信じてください」

為蔵は頭を下げた。

藤間は迷った。

力ずくで藩邸に引っ張ってゆくのには抵抗がある。そんなことをすれば、却って為蔵は口を閉ざしてしまうだろう。

「わかった。明日の暮れ六つにまいる」

藤間が言うと、

「お待ちしております」

為蔵は約束をした。

三

明くる二十八日の昼、平九郎は上屋敷で藤間と面談に及んだ。

小間物の行商人の扮装で平九郎の前に出た藤間はいつになく沈んでいる。

「抜かりました」

藤間は力なく言った。

「どうしたのです」

平九郎は表情を引き締めた。

「秋月殿の濡れ衣を晴らす証人の一人、大工の茂吉が殺されたのです」

藤間は報告した。

「なんと……」

平九郎は唇を噛んだ。

「表立っては三島町の水路に転落して溺死したということになっていますが」

藤間が報告したように茂吉は昨夜、丸本から帰る途中に足を踏み外して水路に転落してしまったそうだ。

「確かに酔ってはいましたが、泥酔という程ではありませんでした」

藤間は悔しそうだ。

「すると、為蔵の身も危ないな」

平九郎は言った。

「まさしく」

藤間も危機感を募らせている。その責任感ゆえか、

「丸本は閉じています。これから、出向いて、為蔵の安否を確かめ、藩邸に連れてきます」

と、強く言い立てた。

「わたしも行こう」

平九郎も申し出た。

「いや」

藤間は遠慮したが、

「わかりました」

と、承知した。

夕暮れ、平九郎と藤間は丸本にやって来た。

店は閉まっている。

板壁に貼り紙があり、「しばらく休業します」と書いてあった。為蔵を信じた自分が愚かでした、と藤間は平九郎に頭を下げた。

「為蔵は藤間さんを偽ったのではないかもしれませんよ。昨晩は本心から藤間さんの来訪を待つつもりだったのではないですかね。それが、今朝になって茂吉の死を耳にし、恐くなって逃げ出したのかも」

藤間を慰めるつもりだけではなく平九郎はそう思った。

藤間もうなずき、

「あるいは、茂吉同様に殺されてしまったのかも……無理にでも藩邸に連れ帰るべきでした」

と、後悔した。

「為蔵も殺されたとは限りません」

平九郎が言うと、

「こうなったら、娘を探し出すしかありませんな」

藤間は決意を新たにした。

「そうですな」

賛同したものの懐疑的にならざるを得ない。平九郎の心中を藤間が察した。

「娘を探し出せるか、難しいですね」

藤間は言った。

「茂吉殺しを探るのも打開の方策では……」

平九郎の考えに、

「そうですな」

藤間は同意した。

「藤間さんは娘と為蔵を追ってください。わたしは、茂吉殺しを追います」

平九郎が頼むと、

「わかりました。椿さんは殺しの探索を行うのですか」

「わたしだけでは無理ですから、北町の同心、江藤さんを訪ねます」

平九郎は言った。


明くる日の朝、平九郎は自身番にやって来た。

秋月慶五郎の一件で顔見知りとなった町役人が挨拶をした。

「江藤さんは……」

平九郎は番屋内を見回した。

「もう間もなくいらっしゃいますよ」

町役人はお待ちください、とお茶を淹れてくれた。

小上がりでお茶を飲んでいると江藤幸太郎と久六が入って来た。

「こりゃ椿さま……今日はなんです。花簪の娘が見つかったのですかい」

江藤に問われ、

「まだだ……本日は茂吉殺しについて聞きたいのだ」

平九郎は返した。

「おや、お耳が早いですな。しかし、茂吉は殺しじゃありませんよ。酔っぱらって水路に落ちたんですからね」

と、久六を見る。

「そうですよ。椿さまも覚えておられましょう。ほら、顔を腫らしていたんで、なんだって問い詰めたら酔っぱらってすっころんだってことでしたよね」

久六は自分の顔を指で撫でさすった。

「それは、秋月の平手を受けたからだ」

平九郎が否定すると、

「そりゃ、秋月さまの言い分ですがね。それはともかく、茂吉は溺れ死んだんですよ」

久六は決めつけた。

「茂吉が溺れ死んだ所に案内してくれぬか」

平九郎は江藤と久六に頼んだ。

江藤と久六は顔を見合わせていたが、

「わかりました。椿さまの得心がゆくまで、お付き合い致しますよ」

幸い、江藤は受け入れてくれた。

口うるさそうな平九郎を納得させるには仕方がないと思ったのかもしれない。久六も同道しようとしたが、おまえはいい、と江藤はぶっきらぼうに声をかけた。

平九郎は江藤の案内で三島町の水路にやって来た。

「茂吉はここから半町ほどの長屋に住んでいたんですよ。ここは、丸本と長屋の中間辺りになりますな」

江藤は周囲を見回した。

「ということは、歩き慣れた道ということだな」

平九郎は言った。

「そうですな」

江藤も認めた。

「にもかかわらず、足を踏み外すなどということはあるかな」

「そりゃ、酔っちまって、足元が覚束なくなったら、わかったもんじゃありませんよ。おれだって、すっころんで女房に怒られることもありますよ」

がははは、と江藤は笑った。

「そう考えられなくはないが、いかにも不自然だな」

平九郎は疑わしそうに呟いた。

「椿さまは秋月さまを思う余り、勘繰り過ぎなんじゃないですか」

江藤は言った。

それを聞き流し、

「ところで、常次郎殺しだが、秋月の仕業ということで落着(らくちゃく)のつもりなのだろうが、その後、調べはしていないのか」

平九郎が責めるような口調になったのは、どうせおざなりにしているのだろう、という不満からである。

「まあ、そうですな」

江藤の口調は曖昧に濁った。

「そうか、ならば、わたしが探索をする」

平九郎は言った。

すると、

「おれもね、色々と調べてはみたんですよ。まずね、こんなことを言ってはおかしいと思われるかもしれませんがね、いや、何も秋月さまが濡れ衣って思っているわけじゃないんですよ。ただね、秋月さまが常次郎を殺したのなら、訳があるはずですね」

江藤は意外なことを言い出した。

「申しておることはよくわからんが」

平九郎は問い直した。

「こりゃ、すんませんな。要するにおれも自信が揺らいでいるんですよ」

江藤は苦笑した。

「ならば、すぐに解き放てばよかろう」

すかさず、平九郎は言った。

「思い違いをさせてしまってすみません。おれはね、秋月さまが常次郎を殺したに違いないと思っていますよ。それをちゃんと証拠立てることに苦心惨憺しているんです」

江藤は持って回った言い方をした。

「わからないな、わかるように話をしてくれぬか。何しろ、わたしは殺しの探索には素人なのでな」

平九郎は皮肉ではないぞ、と言い添えた。

「秋月さまと常次郎の接点が見つからないんですよ。つまり、秋月さまは常次郎に恨みとか嫌悪を抱いてはいない」

江藤の言葉は秋月を庇うもので好意を抱いたが、

「文殊屋でのいさかいは問題にならないのだな」

と、不安要素を確かめた。

江藤は頭を振り、

「そんなのは殺しの動機にはなりませんよ。常次郎は学を鼻にかけて、日頃から傲慢な態度を取っていたそうです。学がないと見定めると、町人だろうが侍だろうが遠慮のない物言いをしていたんですな。ですから、客と悶着を起こすのは珍しくなかったんですよ。秋月さまにしたって、文殊屋でのいさかいを根に持って斬ったりはしないでしょう。そんなことをしたら、ご自分ばかりか御家の体面も穢すことになりますからな」

饒舌（じょうぜつ）に語って平九郎の危惧を打ち消してくれた。

平九郎が納得したのを見て江藤は続けた。

「かといって、物盗り目的でもない。じゃあ、酔った上での狼藉（ろうぜき）か、いや、そうでもない。おれはこれまでに色んな男を見てきましたよ。人を殺したり、傷つけたりする奴っていうのをね。でも、番屋で話を訊いた時の秋月さまは正気でいらっしゃった。気が触れたり、人を斬りたくなったりという不届きな所業とは思えない。すると、わからない」

江藤は秋月の取調べに関する報告書が書けない、と悩んでいるそうだ。

「そもそも、常次郎が殺された場所に居たのは何故だ。商いか」

平九郎は問いかけた。

「秋月さまに売らなかった書物を買主に届けた帰りですよ」

ここまで語って江藤は振り返った。

そこは武家屋敷であった。

「ここですよ」

江藤は言った。

「こちらはひょっとして……」

盛清の言葉が思い出された。

常次郎が『伝習録』を納めたのは直参旗本、尾上一風斎の屋敷だと……。

果たして、

「直参旗本、尾上兵部さま、今は号されて一風斎さま、ですよ」

江藤は言った。

「尾上一風斎殿……」

平九郎は口の中で繰り返した。

「大変に博識なお方でしてね、学者としても知られたお方なんですよ」

江藤は言い添えた。

盛清も言っていた。

「おれは、無学なんで、よくわかりませんがね、陽明学なんて難しい学問を勉学なさっておられるそうですよ」

江藤は自嘲気味の笑みを浮かべた。

盛清が陽明学に凝り出したのを思い出した。

「常次郎は尾上家に出入りしていたのだな」

「常次郎の文殊屋では陽明学ばかりか、難しい学問の書物の在庫を豊富に抱えていたそうですよ」

「常次郎にとって尾上一風斎殿は大事なお得意であったのだな」

「殺された日も尾上さまに頼まれた書物を届けてその帰りだったんですよ」

「書物を届けるのなら手代でいいではないか」

「申しましたようにね、尾上さまは国学の学徒でいらっしゃいますからね、国学や難しい本の話について相手にならないといけないんですよ」

「常次郎は陽明学も学んでおるのだな」

「ひけらかすだけあって、学問熱心、最近は陽明学に熱心だったそうです。尾上さまの話し相手になれるくらいですからね。あ、そうそう、尾上さまはごく限られた者相手に講義をなさっておられるそうですぜ。常次郎もそうした一人だったんですってよ」

おれなんざ、本を開いただけで寝入ってしまいますよ、と江藤は自嘲気味な笑みを浮かべた。

「その帰りか」

　平九郎は呟いた。

「どうしましたか」

「貴重な書物を持っていた可能性はあるのだな」

「椿さま、ひょっとしたら、その書物を奪うために尾上さまか門人方が、とお考えですか」

「当然の推量だと思うがな」

　平九郎は言った。

「それはないですな」

　江藤は断じた。

「調べたのか」

　平九郎は言った。

「尾上さまにお話を訊きましたよ。その日は尾上さまと常次郎以外はいなかったそうなんですよ」

　江藤は言ってから、

「まさか、尾上さまの仕業だなんて勘繰っておられるんじゃないでしょうね」

いくらなんでも突飛(とっぴ)すぎますよ、と江藤は小馬鹿にしたような笑いを浮かべた。

「直接、話が訊きたいな」

平九郎は言った。

「そうですか」

江藤は仕方がないといったように歩き出した。

四

尾上屋敷に通された。

すんなりと通されたのは意外であった。尾上は書庫にいるそうだ。

屋敷の裏手に構えられた書庫は立派なものだった。書庫というよりは講堂である。それもそのはずで、ここで講義が行われているのだそうだ。

「おれは、ここで待ってますよ」

江藤は玄関先に立った。

立派な枝ぶりの赤松が植えられ、江藤は幹の側に立った。

「構わないじゃないか。尾上殿もお許しになったのだから」

平九郎が勧めると、

「いえ、正直に言いますとね、おれは書物を見ただけで頭が痛くなってしまうんですよ」

江藤は自嘲気味な笑いを放った。

平九郎は廊下を進んだ。

廊下は塵一つ落ちておらず、鏡のように磨き立てられている。尾上は清潔好きなのだろう。平九郎は自分の姿が廊下に映り込むのを見ながら座敷に到った。

閉じられた障子越しに挨拶をする。次いで、障子を開けて中に入ると、

「おお、清正」

と、盛清がいた。

「大殿……」

平九郎は唖然としたが陽明学にのめり込む盛清なれば尾上の高名を聞いて、押しかけて来たとしても不思議ではない。

「椿殿、こちらへ」

声をかけてきたのが尾上一風斎であった。

意外にも若い。

と言っても三十前後であろうか。鼻筋が通ったいかにも聡明そうな面差しである。

中肉、中背ながらがっしりとした体格だ。

「なんじゃ、おまえも学問をする気になったのか」

盛清が言った。

「ええ、まあ、それなりに」

曖昧に誤魔化した。

しかし、いかにも盛清にいられては不都合だ。

すると、

「秋月の濡れ衣、晴れたのか」

盛清が問いかけてきた。

「目下、奮闘中であります」

曖昧な答えしかできず平九郎はうつむいた。

「一刻も早く解決せよ」

苛立（いらだ）たしそうに盛清は命じた。

「それで、お伺いしましたのは、秋月が殺したと疑われております、常次郎の一件なのです」

平九郎は言った。

「常次郎……惜しい男を亡くした」

尾上は嘆いた。

「尾上殿、お話を訊いてよろしいでしょうか。これは当家にとりましてはとても大切なことなのです」

平九郎は訴えた。

「なんなりと」

尾上は言った。

「常次郎がここから帰った際、尾上殿の他には誰かおりましたか」

平九郎は問いかけた。

「おらなんだな」

あっさりと尾上は答えた。

「普段はどうでしょうか」

平九郎は問いを重ねた。

「同じ志を持つ者は二十人ですな。旗本の子弟、町人の区別はなく陽明学に共鳴する者であれば、歓迎しております。目下、常次郎が亡くなって旗本の子弟ばかりですが……」

常次郎の死を惜しむかのように尾上は小さくため息を吐いた。

「常次郎は熱心であったのですか」

平九郎の問いかけに、

「常次郎はよく学んでおりましたな」

感慨深そうに尾上は答えた。

「更にお訊きします。常次郎を殺す動機を持つ者に心当たりはありませぬか」

平九郎は目を凝らした。

「思い当たりませぬ」

尾上は短く答えた。

平九郎は言葉に継ぎ穂を失った。

重々しい空気が漂っていると、

「時に陽明学をいかに生かすべきであろうな」

盛清が尾上に問いかけた。

「それを日々模索しております。近々にも拙者の考えを公にしたいと存じます」

おごそかに尾上は一礼した。

「それは楽しみじゃな」

盛清は大きくうなずいた。

平九郎は盛清に危ういものを感じている。寄場の運営が公儀から認められ、その延長として幕府政治への口出しや参画を目論んでいるのではないか。

そうなれば、大内家は混乱するだろう。

だが、今は政治の話よりも秋月慶五郎の濡れ衣を晴らすことだ。

「お邪魔しました」

平九郎は辞去しようとして尾上から書庫を御覧くだされ、と案内された。

「おお、これは」

平九郎は感嘆の声を上げた。

三十畳はあろうかという板の間に整然と書棚が並べられていた。ここも掃除が行き届き、棚には著者別に書籍が整頓されている。

尾上の博識ばかりか几帳面さを物語っていた。

「お帰りになる前に当家の菊を御覧くだされ。手前味噌になりますが、菊の栽培、菊人形は出来栄えが良いと思います」

尾上に勧められ、断ることはできず、

「拝見致します」

と、玄関に向かおうとした。

すると、

「裏手です。すみませぬが、裏口から出てくだされ。すぐに菊が見られます」

尾上に言われ、平九郎は裏口に向かった。


書庫の裏手に出た。

一面に寒菊が咲き乱れている。

寒風に吹き曝(さら)されながらも大輪の花が冬の陽光に照らされ、優美であった。一輪咲の大菊、小ぶりな小菊、花弁が多く彩(いろど)り鮮(あざ)やかな八重菊が区分されて植えられていた。

菊畑の向こうには菊人形の群れがあった。

沢山の人形で、目を凝らすと赤穂(あこう)の義士だ。吉良(きら)邸討入りの際に着ていた火事装束を菊の花や葉で飾り立ててあった。

なるほど、尾上が自慢するだけあって見事なものだ。ふと、これを見た盛清が菊栽培と菊人形造りに興味を示すのでは、と危惧した。

すると、女たちの嬌声が聞こえる。

菊畑の一角で娘たちが騒いでいる。羽織、袴を身に着けた若い侍が布切れで目隠しをし、娘たちを追いかけていた。

そこへ尾上がやって来た。尾上は彼女たちを見て渋面を作った。視線を追うと娘たちではなく若侍を睨んでいる。

平九郎の視線に気付いた尾上が、

「弟の刑部です」

と、苦々しい顔をした。

「ほう」

平九郎はなんと返していいのかわからない。刑部は娘たちの手拍子を聞きながら追いかけ回している。

「仮名手本忠臣蔵七段目のつもりでしょう」

乾いた声で尾上は言った。

仮名手本忠臣蔵七段目の一力茶屋の一場面だ。大石内蔵助を模した大星由良助が敵の目を欺くため、料亭で放蕩を尽くす。刑部は大星由良助を真似、目隠しをして娘たちを追いかけているのだ。

「実に情けない奴です。武芸の鍛錬も学問もしようとはしない」

と、弟をけなしてから、

「拙者の責任ですな。二親は刑部が五つの折に相次いで病で亡くなりました。一回り上の拙者が親代わりとなって刑部を育てたのです。それゆえ、つい、甘やかしてしまいました。二親は病弱でした。その血を受け継いだのでしょう。刑部もひ弱でした」

年中、風邪をひいたり熱を出したりを繰り返して成人したのだとか。尾上もそうだが、奉公人たちも刑部には腫物を触るような態度で接してきたのだそうだ。

「まるで箱入り娘ならぬ箱入り息子のような塩梅でしたな」

尾上は自嘲気味な笑みを浮かべた。

「ですが、人にはそれぞれの生き方というものがございます。あ、いえ、いささか、無責任な言動をしてしまいました」

平九郎は詫びた。

「いや、それはわかるのですが」

尾上は悩ましそうだ。

しかし、刑部を叱責するのは躊躇われるかのようだ。

「ですが、人は不思議なもので、ある日突然に人が変わることがあります」

という平九郎の言葉を、

「それは否定しませんがな……」

尾上はきやすめとも受け止めてから、

「実は大殿に相談しようとしたのです」

と、言ったところで、

「あ奴か」

盛清が横に来た。

「情けなき有様を御覧に入れ、申し訳ございません」

尾上は頭を下げた。

「なに、それを承知で引き受けようというのじゃ」

盛清は言った。

ここで平九郎が、

「大殿、刑部殿をどのように……」

と、危ぶみながら問い返した。

「当家の寄場に迎え入れてな、武芸やら学問の傍ら、野良仕事もさせるつもりじゃ。つまり、心身を鍛え上げてやるのじゃな」

誇らしそうに盛清は胸を張った。

「はあ、そうですか」

平九郎が返すと、

「他人事(ひとごと)ではないぞ。清正も刑部の面倒を見てやるのじゃ」

当然のように盛清は命じた。

すぐに、

「虎退治の椿平九郎殿であれば、拙者も安心して刑部を預けることができます」

尾上が平九郎に礼を言った。

虎退治とは、三年前の正月、平九郎が藩主盛義の野駆けに随行した折に発生した出来事である。

向島(むこうじま)の百姓家で休息した際、浅草(あさくさ)の見世物小屋に運ばれる虎が逃げ出し、盛義一行を襲った。平九郎は興奮する虎を宥(なだ)めた。ところが、そこへ野盗の襲撃が加わった。平九郎は野盗を退治する。野盗退治と虎の乱入の話が合わさり、読売は椿平九郎の虎退治と書き立てた。これが評判を呼び、横手藩大内家に、「虎退治の椿平九郎あり」と流布されたのである。

この時の働きを見た江戸家老で留守居役を兼務する矢代清蔵が馬廻り役の一員だっ

た平九郎を留守居役に抜擢したのだった。

「拙者でお役に立てるのでしたら」

引き受けざるをえなかった。

尾上は刑部に近づき、

「刑部、参れ」

と、声をかけた。

娘たちは刑部から離れた。

刑部は立ち止まって目隠ししていた布切れを取り払った。興を削がれ、刑部は不貞腐れたように口を尖らせた。十八歳よりも若く、いや、幼さが残る面差しだ。色白で瓜実顔、切れ長の目に鼻筋が通っているため、凜々しい若武者に見えそうだが、頼りなげで子供っぽいのは武芸の鍛錬を怠っているからだろう。

撫肩できゃしゃな身体つきは武士らしさからはかけ離れていた。

刑部は尾上に伴われ、平九郎と盛清の前にやって来た。

「こちら、そなたがお世話になる大内家の大殿盛清公じゃ」

尾上が紹介をすると、

「尾上刑部です」

弱々しい声音で挨拶を返した。

平九郎も名乗る。

刑部は挨拶の言葉を返したが平九郎と視線を合わせようとはしない。

「しっかりせぬか」

尾上が叱責すると、

「まあ、そう頭ごなしに申されるな」

珍しく盛清は鷹揚である。

尾上は一礼した。

「いつからまいる」

優しく盛清が問いかけると刑部は曖昧に首を傾げるばかりで返事をしない。

すると盛清が、

「ならば、きりのいいところで霜月一日からとしようぞ」

と、決めた。

尾上からお茶を誘われたが江藤を待たせていることもあり、平九郎は遠慮してから問いかけた。

「刑部殿と一緒であった娘たちは尾上家の女中ですか」

尾上は小さく首を左右に振り、

「何処からか刑部が連れて来るのです。大方、盛り場で見かけた茶店や矢場の女中たちでしょう」

興味なさそうに尾上は返した。

そこへ、紺の道着姿の侍たちがやって来た。木刀を手に持ち、ざっと見たところ二十人余りである。

先頭に立っていた男は平九郎と盛清に一礼してから、

「先生、道場でお待ちしております」

尾上に語りかけた。

「承知した。追っ付、まいる」

柔和な顔で尾上が返すと、男たちはきびきびとした所作で走り去った。

「気持ちのよい者たちであるな。門人か」

盛清が遠ざかる彼らの背中を見ながら尾上に問いかけた。

「共に学ぶ者です」

尾上は門弟扱いをしていない。それが平九郎には好感が持てた。

「剣術の稽古もなさるのですか」

平九郎が訊くと、

「心身共に鍛えねば、学問は付け焼刃になるだけ、と心得ておりますのでな」

尾上は答えた。

「まさしく！」

と、盛清は強く賛意を示し、

「刑部殿、わしが心身共に鍛えてやるぞ」

改めて刑部に言った。

刑部は渋い顔をした。


長屋門脇の中間(ちゅうげん)小屋で江藤は待っていた。

「常次郎殺し、何か収穫がありましたか」

江藤に問われ、

「いや」

力なく平九郎は首を左右に振った。

江藤は肩をそびやかし、

「さて、どうしますかな。このままでは秋月さま、引いては大内家の沽券にも関わりますぞ」

　と、皮肉っぽく言った。

　悔しいが言い返せない。

「どうでしょうな、おれに一つの考えがあるんですが。買ってくださいませんか」

　江藤は思いもかけない申し出をした。

「買う……」

　平九郎は嫌な予感と共に戸惑った。

「いくらで買ってくださるかはおれの考えを訊いてから値決めをしてくださいな」

　いかにも妙案だとばかりに江藤はまじまじと平九郎を見た。

「聞こう」

　平九郎は言った。

　勿体をつけるように江藤は空咳をしてからおもむろに語り出した。

「斬り捨て御免ですよ」

「……秋月は常次郎を無礼討ちにしたということか」

　江藤の提案は理解できる。

　この時代、武士が町人から無礼を働かれたら斬り捨てることが許されている。但し、

された。

無闇(むやみ)やたらと斬殺(ざんさつ)できたわけではない。酔った勢いで罪もない町人を斬殺すれば処断

無礼討ちが認められるのは証人がいる場合である。確かに斬殺された町人は武士に無礼な言動をした、と証言する者がいなければ無礼討ちとして認められない。

「秋月が常次郎から無礼を働かれた、ということにするのか」

平九郎は確かめた。

「その通りですよ。常次郎というのは学を鼻にかけて、偉そうな物言いをする男だったそうですよ」

「かと申して、無礼を働かれたかどうかはわからないではないか」

「証人がいればいいんですよ、証人はおれが見つけますよ」

要するに因果を含めて証言させるつもりだ。

「無礼を働かれたとは具体的にどのようなことをでっち上げるのだ」

「なに、やり取りなんか適当でいいんですよ。肝心なのは羽織です。羽織には茂吉の鼻血が付いたって秋月さまはおっしゃいましたがね、それを常次郎の鼻血だとすりゃあいいんですよ。藩主さまから下賜された大事な羽織を血で穢されたとあっちゃあ、黙っていられませんや。堂々たる無礼討ちの理由となりますよ」

抜け抜けと江藤は言った。

「それは、しかし、真実とは違う。秋月は常次郎を斬ってはいないのだ」

平九郎は言った。

江藤は顔をしかめ、

「そりゃそうですがね、秋月さまが常次郎を殺していない、という身の証が立てられるんでしたらいいのですよ。しかし、このままでは秋月さまは罪の責任を負うて切腹……いや、切腹も許されず、打ち首となりましょう。武士ではなくなる、ということです。当然、そうなれば御家の体面に関わりますから、大内家は秋月さまをお役御免になさるでしょう。憐れなものですな」

と、早口に捲(まく)し立てた。

江藤の言うことは脅しではない。

実際、常次郎殺しの下手人が見つからなければ秋月は処罰されるのだ。

黙りこくっていると、

「椿さま、ここは、無礼討ちで手を打ちませんか」

江藤はそれが賢い落着だと訳知り顔で言い立てた。

「それは……」

平九郎には躊躇いがある。

「椿さま、椿さまの意地で決めていいのですかね。これは、秋月さまのお命や大内家の体面に関わることなんですよ。椿さまの一存でお決めになってはまずいんじゃござんせんかね」

平九郎の足元を見るように江藤は言った。

「そうだな」

平九郎は唸った。

「秋月さまに話をなさってはいかがでしょう。秋月さまのお気持ちを確かめては」

江藤の言う通りだ。

「そうだな」

江藤の提案を受け入れると、

「では、駄賃ですがね……おっと、もちろん、無事、無礼討ちで落着してからでいいんですがね、証人も立てることですし、五十両ということでいかがでしょう」

江藤は図々しくも求めた。

「わかった。わたしの財布からは払えぬので御家に相談する」

平九郎は言った。

「お願いしますね」

　笑みを浮かべたが江藤の目は凝らされていた。

　平九郎は小伝馬町の牢屋敷にやって来た。江藤の提案はまことに狡猾だが現実的でもあった。

　真実が闇に葬られることになるが、ともかく秋月の命は助かるのだ。秋月の気持ちを確かめるのが肝要である。

　先だって面会をした番所で秋月を待った。牢屋敷の役人には心付けを渡した。彼らは面談の間は番所から出て行ってくれた。

　秋月が入って来た。

　差し入れた着物は新しいが月代と髭は剃るのが許されず、伸び放題だ。食事も差し入れているのだが、食欲が湧かないのだろう。げっそりと頬がこけ、目は落ち窪んで血走っていた。

「しっかり、食べているか」

　気さくに声をかけたが、

「ええ、まあ」

曖昧に秋月は返事をした。

憔悴(しょうすい)が激しく、秋月特有の明朗さはない。無理もない。

「期待を持たせて、すまぬ」

まだ、下手人が見つかっていない、と平九郎は詫びた。

「証人は見つかりましたか」

おずおずと秋月は問いかけた。

弱々しく、平九郎は首を左右に振った。

秋月はがっくりとうなだれた。平九郎は希望を抱かせようと笑顔を取り繕い、

「北町の江藤さんから提案があった」

と、無礼討ちについて説明をした。

「むろん、秋月殿の気持ち次第だ」

平九郎は秋月を気遣った。

秋月は表情を引き締めて答えた。

「せっかくですが、その案には乗れませぬ。二年前とは違います。あの時は武士の面目にかけて無礼討ちをしました。こたびは無礼討ちどころか刀に手をかけてすらおらぬのです」

きっぱりとした口調には強い意志が感じられた。

平九郎が首を縦に振ると秋月は続けた。

「武士の端くれとして偽ってまで生きながらえたいとは思いませぬ。濡れ衣を着せられたまま死罪に処せられたとしても、それが己の定めと受け入れます」

断固とした秋月の態度に平九郎は江藤の案に乗ろうとしたのを恥じた。

「秋月殿、よくぞ申した。わたしは江藤さんの案を受け入れてもいいのでは、と迷った。武士の、いや、人としての道に外れるところだった。江藤さんにはきっぱりと断り、秋月殿の無実を明らかにします」

平九郎は決意を新たにした。

秋月は深くうなずいた。

第三章　不肖の弟

一

佐川権十郎は若年寄別所長門守義昌から火付盗賊改の御頭就任を打診されていた。火盗改の御頭に限らず、佐川は幕府の役に就くのは避けている。

それゆえ、別所の呼び出しを受けても仮病を使って応じないでいる。

今日、神無月の晦日、芝界隈での寄席を見物した帰り、数人の侍に囲まれた。紺地に金糸で麒麟を描いた、役者と見まごう派手な小袖を着流している。人を食ったような格好ながら、朝黒く日焼けした苦み走った面構えと飄々とした所作が世慣れた様子と手練の武芸者を窺わせもしていた。実際、佐川は宝蔵院流槍術の達人である。

雑踏にあっても目立つ格好だから見つけやすかっただろう。

「おれに用か」

佐川が語りかけると、

「若年寄別所長門守さまがお待ちでございます」

一人が告げた。

「そうかい」

逃げるわけにはいかない。

佐川は侍たちの案内で近くの寺にやって来た。その寺の庫裏にゆく。

「突き当りの座敷で待っておられます」

侍に告げられ佐川は廊下を歩いた。鏡のように磨き立てられた廊下に佐川の姿が映り込む。

襖は開け放たれており、中が見通せた。両側に書棚があり、びっしりと書物が収納されている。正面の窓辺に文机が置かれ、身形の整った侍が背中を向け、書き物をしていた。

「佐川権十郎、参上！」

佐川は芝居がかった物言いで語りかけた。別所はゆっくりとこちらを向き、

「病は平癒したようじゃな」

と、柔和な表情で言うと自分の前に座るよう告げた。大股で座敷を進み、佐川は別所の前に座った。

「噂通りの華麗な装いじゃな」

皮肉とも本気ともつかない口調で別所は佐川をしげしげと見た。別所は羽織、袴に身を包み、寸分の乱れもない。

別所長門守義昌、歳は三十五、切れ者の評判に反するような柔和な顔立ちである。小太りの体形も温厚な印象に輪をかけていた。

上総国御宿（かずさのくにおんじゅく）に四万石を領する譜代大名だ。奏者番（そうしゃばん）を経て三十歳で寺社奉行に成り、今年の四月に若年寄に昇進した。

「こちらは……」

佐川は問いかけた。

「別所家の菩提寺（ぼだいじ）でな、参詣（さんけい）に事寄せて書物を読むのを楽しみとしておるのじゃ」

別所は読んでいた書物を佐川の前に置いた。てっきり漢籍か学問書かと思っていたが、草双紙、滝沢馬琴（たきざわばきん）の、「南総里見八犬伝（なんそうさとみはっけんでん）」であった。

「ほう、このような」

佐川はにんまりとした。

「当家の領知は戦国の世には里見家の領知の一部であったからな」

言い訳だが、と別所は幕閣の重職にありながら草双紙を読んでいるのを恥じた。

徳川家康は豊臣秀吉の命令で父祖伝来の地三河や合戦で切り取った遠江、駿河、信濃、甲斐といった領国から小田原北条氏滅亡後の関東に移った。

相模、伊豆、武蔵、上野の西、上総、下総、下野の一部は家康の領国となったが房総半島の先端、安房国は里見氏の領有が認められた。家康は上総国大多喜に本多忠勝を配した。

忠勝は徳川四天王の一人、家康の天下取りに多大な貢献をした勇将である。里見氏は安房を領有しており、水軍を駆使すれば江戸湾を封鎖できる侮れない勢力であった。家康は忠勝を里見氏への備えとしたのである。

里見氏は徳川幕府初期に起きた大久保長安事件に巻き込まれて改易された。幕府の代官頭として大きな権力を握っていた長安は死後、不正蓄財が発覚し、長安に連なる大久保一族をはじめ多数の者が処分されたのである。

三河以来の徳川家譜代として二代将軍秀忠を支えていた大久保忠隣を排除せんとした本多正信、正純親子の陰謀とも言われているが、時の里見家当主忠義は忠隣の孫娘を正室に迎えていたことから、安房国から伯耆国に移されわずか百俵の捨扶持を宛がわれ失意のうちに死んだ。無念の死を遂げた忠義に続き八人の側近が殉死を遂げた。八人は世に、『八賢士』と称えられた。「八賢士」を基に滝沢馬琴は八犬伝を創作する。馬琴の『南総里見八犬伝』は大変な評判を取っていた。

案外、別所は堅物ではなく、さばけた人柄なのかもしれない。

「本日の用向きは察しがついておろう」

別所は言った。

「火盗改の御頭ですか……」

佐川は苦笑混じりに答えた。

「乗り気ではないようだな」

別所は小さくため息を吐いた。

火盗改の御頭は本役として任じられている者の他、火事が多い神無月から弥生の半年間には助役が置かれた。更に時として増役という臨時の御頭が任じられることもある。増役は本役と助役を補う立場だ。

佐川が求められているのは増役としての火盗改御頭就任だ。

「お断りいたします」

きっぱりと佐川は断った。

「つれないことを申すものよな」

別所はからからと笑った。

それから、

「半年でよい。いや、三つきで構わぬ」

と、妥協案を示した。

火盗改の御頭はころころと交代する。寛政年間に、「鬼平」の異名を取った辣腕の長谷川平蔵が八年務めたのは例外中の例外であった。

「そこまでしておれを火盗改の御頭にして、何をやらせたいのですか」

佐川は別所の思惑に興味を抱いた。

「直参旗本尾上一風斎の企みを潰してもらいたい」

表情を引き締め、別所は答えた。

「尾上一風斎は陽明学者としても有名ですな。学識豊かな御仁だと耳にしていますよ。そんな尾上がよからぬ企てをしようとしておるのですか」

「いかにも、優れた人物じゃ」

別所も認めたがその顔は渋い。

「尾上が何を企んでおるのです。まさか、慶安の由比正雪の如く、門人に呼びかけて公儀に叛旗を翻すのですか」

佐川はそんなことはあり得ないとの思いから冗談めいた口調になった。

「わしとて、尾上が由比正雪になるとは思わぬ。だがな、公儀に対して不穏な動きを見せておるのは確かだ」

別所は表情を引き締めた。

「不穏な動きとはなんですか。成敗の根拠になるような所業なのですか」

佐川の問いかけに、

「そうだな」

別所は思わせぶりな笑みを浮かべた。

「勿体をつけないでくださいよ。おれはね、気が長い方じゃないんですよ。いやいや、失礼申しました。持って生まれた性分なもので急には改められんものですよ。たとえ、どのようなお偉いお方相手でもね」

佐川は言った。

そうか、とうなずいてから、

「知行合一」

と、別所は言った。

佐川は首を傾げ、

「耳慣れぬ言葉ですな。どういう意味なのかご教授くだされ」

素早く別所は筆をさらさらと走らせ、「知行合一」と記し、佐川に見せた。

「なんとなくわかりますな。知と行を一体にする、ということですか」

佐川の言葉を別所は否定せずに続けた。

「知行合一とは陽明学が掲げる文句じゃ。読んで字の如く、知識と行いを一致させる、つまり、知っているだけで何もしなければ、知らないのと同じ、と提唱しておるな」

別所の説明を受け、

「もっともな学説ですな。それで、知行合一を信奉する尾上一風斎は何をしようとしておるのですか」

改めて佐川は問いかけた。

「尾上は知行合一の名の下、大規模な打ち壊しの煽動(せんどう)を企てておる」

別所は言った。

打ち壊しとは飢饉が起きて米価が高騰すると町人たちが起こす暴動である。特に米商人が飢饉に便乗し、買い溜めた米の値を不当に吊り上げた場合に見られる。町人たちは徒党を組み、米屋に押し入って店を破壊し、米を路上にぶちまける。

この時、暗黙の了解事項として金品を奪ったりはしない。また、米は不当な値だという抗議の意味で路上にばら撒くだけで持ち帰らないようにした。

あくまで抗議行動であって暴徒による略奪行為ではないということだ。金品を奪ったり、火を付ければ重罪に処せられた。

特に浅間山が大噴火をした天明期、奥羽の飢饉も重なって米価が高騰し、全国的に大規模な打ち壊しが起きた。江戸では五百軒以上の米屋や富商が打ち壊しに遭い、南北町奉行所では手に負えず、旗本先手組が動員され無秩序と化した将軍のお膝元の騒動を鎮静化させた。

この時、先手組組頭の一人として打ち壊し鎮撫に手腕を発揮したのが長谷川平蔵宣以である。平蔵は老中松平定信から手腕を評価され、火盗改御頭を加役として任じられたのだった。

「つまり、公儀の失政を正すつもりだ……あ、いや、公儀は失政をしている、と糾弾するつもりだ」

言葉を選び、別所は断じた。

「しかし、打ち壊しが叶うような状況ではないと思いますがな……。米の値は安定しておりますぞ。町人は米屋や酒屋を襲うような不満を抱いてはおらんでしょう。それとも、奥羽辺りで米の収穫が思うようになっていないのですか」

「飢饉ということはないが、天領の米の収穫高は悪い。米の値上がりは目に見えておる。しかし、それだけではない。公儀の米蔵に火を放つ。そうすれば、一瞬にして米不足となり、町人どもばかりか武士の暮らしも困窮する。恨みは公儀に向けられる。尾上は公然と公儀を批判し、町人どもの不満を煽り立てる……とどのつまりは、江戸中で打ち壊しが起きる、という次第」

淡々と別所は語ったが内容は冷静ではいられない程の過激さだ。

「どうして、それがわかるのですか」

佐川は根本的な疑問を投げかけた。

「内通者がおったのだ」

別所は尾上の門人の一人が恐怖の余り、内通してきた、と説明した。

二

「確かなことなのですか」

裏切った門人の証言を鵜呑みにしていいのか、という不満を佐川は顔に出した。

「内通した者は信頼のおける男じゃ」

当然のように別所は言った。

「差し支えなければ何者ですか」

佐川の問いかけに別所の顔が曇った。答えたくはないのだろうが、佐川を納得させるためであろう。

一呼吸置いてから、

「本屋、文殊屋の主常次郎だ。常次郎は学のある男でな、尾上家に出入りしておるうちに尾上一風斎と懇意になり、陽明学の学徒となった」

常次郎は尾上の下で門人たちの世話役となった。

陽明学の講義を受けると、ある門人から質問が飛んだ。

「では尾上先生、我らいかにすればよろしいのでしょう。学問を重ねても何も行わないのでは、学問をしていないのと同じでござりましょう。公儀の政道、今のままでよろしいのでしょうか」

この問いかけは常日頃から尾上が自分に問い質している問題である。

「すまぬ。拙者も未だ答えを導き出せないでいる。まこと、師を名乗る資格などない愚か者だ」

と、門人たちに詫びた。

門人たちは尾上を批判するどころか尾上の苦衷を我が物とした。

「勝手な言い分であるが、拙者は貴殿たちを門人とは思っておらぬ。志を同じくする同志であると認識しておる。公儀の政道に不満があるのならこの場にて申せ」

尾上が語りかけると門人たちは深く感動し、一種異様な熱気を帯びた。このままでは、幕政批判が飛び交い、暴走しかねない、常次郎は昂る感情を冷ました方がよいと考え、

「どうでしょう。尾上先生はみなさまと同志として接しておられるのです。ということは、知行合一は独り尾上先生だけが答えを導き出すものではなく、御一同で様々な意見を申されては……あ、いえ、これは町人の分際で生意気なことを申しました。お聞き流しください」

常次郎は謙虚に頭を下げた。

「常次郎、遠慮はいらぬ。我らと共に陽明学を学んでおるのだ。そなたも同志だぞ。考えがあるなら申してくれ……そうじゃ、町人の目から見た世の有り様の方が、暮らしと密接しているだけに確かであろう」

尾上は鷹揚に返した。

門人たちも賛同の目を向けてきた。

常次郎は努めて穏やかな表情を浮かべ、

「貧しき者、弱き者を助ける施設を営んではいかがでしょう。及ばずながら費用はできます限り手前が用立てます」

穏便な策を提案した。

しかし、門人からは不評だった。それは幕府がやるべきことだ、と否定された挙句、民を飢えさせるのは幕府の政道が間違っているのだ、と批難の声が上がったのだった。

「その日以来……」

と、別所は言葉を区切った。

佐川は身構える。

「その日以来、講義は公儀の政策を批判する場となり、知行合一の答えとして公儀に鉄槌(てっつい)を下す、という結論に至ったのだ、と常次郎は申した。しかし、公儀への謀反(むほん)に加担する気など常次郎にはなかった」

常次郎は過激な考えに傾く尾上に意見をした。暴挙に出る前に、幕府に対して嘆願書を出しては、と。

さすがに尾上も冷静さを欠いたと反省し、幕府に対して貧民救済の策を文章にして目安箱に投書した。一度や二度ではなく、繰り返した。

「しかし、投書は取り上げられることはなかった」

別所の言葉を受け、

「そりゃ、尾上にしたら無視されたと不快がるでしょうな。せめて、老中や若年寄が御城に召し出して、検討する、などと心にもない言葉をかけてやったら、随分と尾上の気持ちは楽になったと思いますよ。尾上みたいな、真面目な者はですよ、無視されるのが一番堪えがたいものです。よくぞ、申してくれた、大変に良き考えだ、是非とも検討したい、なんて誉めてやればそれでもう大満足ですよ」

佐川は立て板に水の勢いで捲し立てた。

「ところがな、尾上の建言というのは奇想というか公儀がまともに取り上げるものではなかったのだ」

別所は苦笑した。

「とおっしゃると……」

却って佐川は尾上の提案を知りたくなった。

「それがな」

別所は苦笑混じりに語り出した。

それによると、江戸湾に人工島を造り、貧しき者の居住区とし、農地を開く。貧しき者は農作業と収穫した米、野菜で生活を調える、という趣旨であった。

「まるで、現実が伴わない夢物語だ」

別所は吐き捨てた。

「なるほど、現実に即した方策じゃないってことですな。いかにも学者の考えだ」

佐川も納得した。

「そなたも考えるように、尾上は生真面目でしかも激情する男のようだ。つまり、己の考えに耽溺し、通らないと気がすまない」

困り者だと別所は嘆いた。

「ならば、今のうちに処罰すればよろしかろう。何もおれを火盗改の御頭になんぞすることはない。常次郎に証言をさせれば尾上を断罪できるじゃないですか」

佐川は言った。

「そのつもりであった」

別所は微妙な言い回しをした。

次いで、

「常次郎の証言を拠り所として尾上一風斎捕縛に向かう。その際には門人どもも一網打尽にするつもりだ。町方の手は借りぬ。旗本の番方、つまり先手組を使う。陽明学の学徒と言っても旗本であるからには武芸を心得ておろう。全員、生け捕りにし、評定所にて裁きを受けさせ、尾上らがいかに間違った考えを抱いていたのかを天下に知らしめるのだ。火付けを企てた尾上らをお縄にするには先手組の加役たる火盗改が適任。腕の立つ旗本、宝蔵院流槍術の達人、佐川権十郎をおいて他にはおらんのだ」

まじまじと佐川を見て改めて火盗改の御頭になって欲しいと頼んだ。

「別所さまのお気持ちはわかったが……、で、常次郎の証言を拠り所として、とは。事情が変わったのですか」

佐川が問い直すと、

「……常次郎が斬られたのじゃ」

ため息混じりに別所は答えた。

「尾上もしくは尾上の門人に殺されたのですか」

当然そうだろうと思って確かめたのだが、

「いいや、大内家中の者じゃ」

別所は予想外の答えをした。

「お、大内家の……」

思わず、声が上ずってしまった。

「どうした……あ、そうか。そなた、大内家とは懇意にしておるのだな」

別所の指摘には答えず、

「大内家のなんと言う者の仕業ですか」

平九郎の顔がちらついたが、まさか椿平九郎ではないだろう。

「さて、名前までは憶えておらぬが」

「では、その者は何故常次郎の殺害に及んだのですか」

「行きずりの凶行であるらしい。酔っておったようだ。酔って常次郎に因縁をふっかけたのではないか……」

さして関心なさそうに別所は答えてから、

「実に困った奴じゃ。尾上捕縛の段取りが水泡に帰した。常次郎の証言は得られなくなったのじゃからな」

と、苦々しそうに唇を嚙んだ。

嫌でも気にかかる。

そうだ、平九郎から上屋敷に来て欲しいと使いが来た。あの時、常次郎殺しの一件を相談したかったのではないか。だとしたら、悪いことをした。

気を取り直すように別所は背筋をぴんと伸ばすと話を続けた。

「常次郎によると来月に尾上は門人たちを率いて蔵前の米蔵に付け火をするそうじゃ。ついては、そなた火盗改の御頭として……」

ここまで別所が言ったところで、

「それは御勘弁くだされ。助太刀はしますよ。ですが、火盗改の御頭には成りたくないな。一人の旗本として公儀や世の中に騒動を起こす尾上一風斎たちの捕縛の助太刀をしますよ」

佐川らしくはっきりと自分の言い分を示した。

「助太刀をしてくれるか……なるほど、それでもよいが、それだと、出世は叶わぬぞ」

別所は気遣いを示した。

「出世なんざ、おれは無縁だ。まっぴらですよ。強いて言えば、多少の駄賃、そうですな、美味い酒と料理を楽しめるくらいの報奨金でも頂ければそれで充分です。それより、常次郎を斬ったのは大内家の者に違いないのですね」

気になって仕方がない。

「捕縛した北町奉行所に問い合わせて、詳細を確かめようか」

別所は言った。

「いや、それには及びません。自分で確かめます」

「ならば、火盗改の助太刀を期待するぞ」

別所は話を締め括った。

三

その日の夕暮れ近く、平九郎は芝三島町の自身番にやって来た。

待ってましたとばかりに江藤が出迎え、外に出た。

「証人の心当たりを何人か見つけておきましたぜ」

江藤は手回しがいい。受け取る礼金の使い道も決めているのではないか。だとしたら、まさしく取らぬ狸(たぬき)の皮算用(かわざんよう)だ。

「あいにくだがな、秋月はそなたの誘いに乗らないと拒絶した」

きっぱりと、平九郎は言った。

江藤は口を半開きにし、

「へ〜え、そうですかい」

意外そうに目をしばたたいた。鼻の黒子が蠢く。

「せっかくの提案だが乗れぬ。そなたなりに秋月と当家を気遣ってくれたのだがな、すまぬが受け入れられぬ」

平九郎は江藤を気遣いつつ拒絶した。

「わかりましたよ」

肩をそびやかし、江藤はうなずいた。

「気分を害したか」

「武士の意地ですか」

「いかにも」

平九郎は胸を張った。

江藤はぶつぶつと何か口の中で呟いていたが、

「実にご立派ですね」

と、言った。

「皮肉か」

平九郎は返した。

「いいえ、皮肉じゃござんせんよ。おれはね、心底感心したんです。侍らしい侍がいるもんだな、と思った次第ですよ」

真面目な顔で江藤は述べ立てた。

「素直に褒め言葉と受け止めておく」

平九郎は言った。

「すると、秋月さまの濡れ衣を晴らさなければなりませんな」

言われなくてもわかっている。

「なんとしても常次郎殺しの下手人を挙げる」

両目を見開き平九郎は決意を示した。

「おれも事件を調べ直しますよ」

意外なことを江藤は言い出した。

「そなた、そんなことをしたら、そなたの間違いを認めることになるのだぞ」

却って平九郎の方が恐縮してしまった。

「椿さまや秋月さまが侍の意地を見せてくれたんですよ。おれも八丁堀同心としての意地を張らなきゃいけねえって思いましたぜ。なんだか、若い頃を思い出しますよ。これでも、悪を許さないって闘志を燃え立たせていたもんですよ」

江藤は楽しそうだ。

「気持ちはありがたいが」

平九郎は戸惑った。

「まあ、やってみますよ」

江藤は約束をしてくれた。

「正直、餅は餅屋だ。そなたのような練達の八丁堀同心が味方になってくれるとは実に心強い」

「なら、早速、聞き込みをやり直しますよ」

「すまぬが、一緒に行っていいか」

平九郎が申し出ると、

「わかりました」

江藤は受け入れた。


半時後、平九郎は江藤と久六が連れて来た女房たちを見た。三人の女房連中はおずおずとした様子で立ち会っている。

江藤は三人が常次郎殺しの起きたと同時刻、すなわち暮れ六つの鐘が鳴っている時に立ち会っていた。

増上寺の時の鐘が暮れ六つを告げ、夕闇迫る中、女房たちは常次郎が殺された現場からおよそ十間の距離に立っていた。三人は同じ長屋の住人で、湯屋へ行った帰りであった。

鐘が鳴り終わったところで、

「この辺りか」

江藤は常次郎が立っていた柳の木の側に立った。傍らに久六がいる。

「そうです」

一人が答えた。

平九郎は女房たちと並んで江藤と久六を見た。ぼんやりとした光景である。しかも、暗くて、はっきりとはしない。

江藤が久六に斬りかかる真似をした。久六は両手を広げて悲鳴を上げて倒れ伏した。

「あの通りか」

平九郎が確かめると、三人はおずおずと首をすくめた。お互いの顔を見合わせて、判断をしかねるようだ。

「ここからだと、侍の仕業だとはわかるが、侍の容貌まではははっきりとしないな」

平九郎は言った。

女房たちは迷っている。

「いや、これはわたしの感想だ。ちゃんと顔形もわかった、というのなら、それでよいのだ」

平九郎が確かめると、

「あの時は動転してしまって」

「そうですよ、人が斬られるのなんて初めて見ましたから」

「侍は恐いと思ったんです」

などと言い出した。

「わかった」

平九郎はうなずいた。

どうやら、三人とも思いもかけない殺しの場に遭遇し、頭が真っ白になり、侍が刀で人を斬ったという事実しか見定められなかったのだろう。

江藤と久六が近づいて来た。

平九郎は侍とは認識できても、顔形までは見分けがつかないと話した。

江藤は苦い顔をした。

「他に気付いたことはなかったか。たとえば、侍と常次郎の間で何かやり取りが交わされなかったか」

　平九郎は問いかけた。

　三人は相談を始めた。

「なんだか、お侍、怒っていたわね」

「そうだったかね」

「裏切り者、とか言っていなかったっけ」

　三人のやり取りが聞こえた。

「裏切り者……」

　平九郎はその言葉に強く引かれた。

「こりゃ、常次郎と侍は知り合いだった可能性がありますな」

　江藤もうなずいた。

「なんとなく影絵が浮かんできましたよ」

　平九郎の言葉に江藤は大きくうなずいた。

「すまなかったな。助かった」

　平九郎は心付けだと三人に渡した。

「お役に立てましたか」

一人が申し訳なさそうに言った。

「大いに役立ったよ」

平九郎は笑顔を向けた。

四

明くる霜月一日の朝、大内家上屋敷に佐川権十郎が訪ねて来た。平九郎は屋敷の留守居役用部屋で佐川に応対した。

佐川はいつものど派手な小袖を着流している。寒さひとしおにもかかわらず羽織を重ねていないし、袴も穿いていない粋ないで立ちだ。

「病、平癒なさったようですね」

平九郎が語りかけるとそれには答えず、

「平さん、大内家中に殺しの疑いで捕まった者がいるそうだな」

いきなり佐川は切り出した。

「さすがは佐川さん、耳が早いですね」

平九郎は返してから秋月慶五郎が芝三島町の本屋、文殊屋の主人常次郎殺しの疑いを掛けられ、北町奉行所の同心に捕まった経緯を話した。

「秋月だったのか。そりゃ、また災難だったな」

佐川は言ってから、

「呑気(のんき)に言っている場合じゃないな」

と、真顔になった。

「今、下手人を探しております。手がかりは摑めましたので早々になんとかなりますよ。そういう事情ですのでこれから探索に行かねばなりません」

平九郎は断りを入れて腰を上げようとした。

「ちょっと待った」

佐川に止められ、

「いや、今日のところは」

平九郎が返すと、

「下手人ならわかっているぜ」

佐川はにんまりした。

「はあ……冗談でしょう」

こんな時に冗談など不謹慎だと多少の腹を立てながら返した。

「冗談じゃない。下手人は尾上一風斎か尾上の門人だ」

佐川は告げた。

「尾上……どうして佐川さんがご存じなのですか」

次々と浮かぶ疑問を平九郎はぶつけた。

佐川はかいつまんで若年寄別所長門守義昌から聞いた話をした。

「尾上は陽明学の熱心な学徒として知行合一を実践せんとしておるのですね……そう言えば、女房たちは侍が常次郎を斬る前に、裏切り者、と言っていたのを聞いております。なるほど、合点がゆきました」

平九郎は言った。

「よし、まずは秋月を解き放ってもらうか」

佐川は別所に頼むと請け負ってくれた。

「下手人の見当がついたら、為蔵も商いを始めることができるでしょう」

平九郎が返したところで、家臣が平九郎を訪ねて男がやって来たと告げた。風体からして江藤のようだ。

平九郎は長屋門脇の番小屋で江藤と会った。

「やられました。為蔵の行方が知れません」

江藤は告げた。

「殺されたのですか」

平九郎は天を見上げて絶句した。

「十中八九殺されたでしょう。住んでいる長屋には帰っていませんからね。もちろん、店も閉じられたままです。別れた女房に金十両が残されていましたよ。憐れなもんです」

江藤は唸った。

十両はおそらく尾上一派から渡された口封じの金であろう。

「為蔵を殺したのは、常次郎を殺した者でしょう」

怒りを滲ませながら江藤は吐き捨てた。

平九郎は、

「ある筋から常次郎を殺した者の素性がわかった」

と、佐川と別所の名は伏せて尾上一風斎か門人の仕業であると教えた。

「尾上さまがねえ……」

江藤に驚きはなかった。

尾上は熱心な陽明学の学徒であるのは周知の事実であった。

「時折、番屋に顔を出してくださるんですよ」

尾上は三島町の書店を回り、文殊屋などで買い物をした後、菓子を手土産にやって来るのだそうだ。

「それで、おれたち役人ばかりか番屋に詰めている町人たちとも気さくに語らってくれるんです。特に困ったことはないか、世の中の問題はなんだと考えるのか、とかお聞きになりましてね」

尾上は世の中の民の窮状を聞き、幕府がそれらに対してきちんと対処しなければならない、と力説するという。

「情け深いことに、貧しい者に施したりもなさっていますね」

江藤は尾上を偉いお方だと尊敬の目で見ていたが、

「そのうち、背筋が寒くなってきました」

と、肩をすくめた。

「というと」

平九郎は引き込まれた。

「尾上さまの表情や様子が日に日に怪しくなっていくんですよ」

最初のうちは穏やかな口調と表情で語り始めるのだが、徐々に熱を帯び、仕舞には激情を滾らせるのだそうだ。

「そりゃ、恐いくらいでね」

江藤はそれから、尾上が番屋に顔を出すと、何かこじつけの理由を述べ立てて出て行くようになったのだそうだ。

「尾上さまは三島町ばかりか芝界隈の自身番に立ち寄っては民の暮らしぶりに目配りをなさり、併せて、お上の政への批判の言葉を口になさるようになったんですよ」

「なるほど、尾上殿は民のために何かをしなければならない、という強い思いを抱くようになったのだな」

「まあ、生真面目なお方なんでしょうね」

江藤は困ったと言い添えた。

「このままでは尾上殿は暴走をしかねない」

平九郎が危惧すると、

「そうですよ、おれもどうしていいかわからずにいるんですよ」

江藤は眉根を寄せた。

「何を困っているのだ。奉行所で尾上殿の行状を報告すればいいではないか」

　平九郎は言ったが、

「そりゃ、そうなんですがね。それがどうもすんなりとはいきませんよ」

　奥歯に物が挟まったような物言いをした。きっと、迂闊に口に出せないことなのだろうと察していると、

「奉行所にもですよ、尾上さまの門人がいるんですよ。与力さまにね」

　ここだけの話ですよ、と江藤は言い添えた。

「ほう、与力にも……」

　わかるような気がする。

「生真面目な与力さまですよ。つまり、何て言いますかね、町人のために懸命に役目を遂行(すいこう)すべし、という志を抱いておられる方ばかりなんですがね」

　江藤は言った。

「尾上の考えに共鳴するのはわかるな」

「そうですよね」

「しかし、人を殺していいものではない」

　平九郎は語調を強めた。

「まさしく」

江藤も賛同した。

「尾上の罪を断罪したいのだが、どうも公儀が及び腰というのは、そなたが申したように町奉行所ばかりか公儀の重職、要職にある者も尾上に共鳴する者がおるからなのだな」

　平九郎の推測に、

「そうかもしれません。なにしろ、おれは公儀の木っ端役人に過ぎませんので、政がどうのこうのと、口出しなんざできませんし、そんな知恵もありませんので、なんの影響もありませんがね」

　要するに尾上の恐ろしさは、民のためといういかなる者も反対できない正論を堂々と前面に掲げていることだ。

　そんな青臭いことなど通用するか、と多くの者が思っている。しかし、それを表だって言い募ることはできない。

　幕府の体面、武士の体面に関わってくるのだ。

「天下は天下の天下である。一人の天下にあらず」

　神君徳川家康が発したと伝えられている。

　いかにも、正論である。

家康以前の天下人、太閤秀吉の圧政、民出身でありながら民を苦しめる政を行った秀吉を否定した家康の政、すなわち、民の安寧に尽くすのが将軍の役目というのはまさしく徳川幕府の信条なのである。

その信条を実践しようとする尾上一風斎を表立っては断罪できないのだ。

尾上は心底からそれを思っているのだろうが、それを利用する者もいるのだ。

「これは簡単なようで難しいな」

平九郎の言葉を受け、

「妙案が浮かびません」

江藤も悩ましそうに首を左右に振った。

江藤は町奉行所の同心として民と接する機会が最も多い役人である。

「さて、いかにして秋月さまを解き放ちますかな」

現実問題を江藤は提示した。

いくら若年寄別所長門守であろうが、証拠もないのに尾上の罪を弾劾することはできない。また、常次郎殺しの下手人が尾上もしくは尾上の指図を受けた者の仕業だと明らかにできなければ、秋月の濡れ衣は晴れない。

つまり、小伝馬町の牢屋敷から解き放たれないのだ。

「わかりました。おれが与力さまに自分が間違っていた、と秋月さまの赦免（しゃめん）を頼みますよ」

若い頃の闘志を思い出したと江藤は語っていたが、平九郎と語るうちにより一層の闘志を滾らせている。それを物語るように額には汗を滲ませた。

江藤は懐中から手拭を取り出して額を拭いた。

「そうなると、貴殿の落ち度となってしまうぞ」

平九郎が危惧すると、

「おれの落ち度で人一人が罰せられてはいけませんからね」

江藤ははははは、と笑った。

江藤は屋敷から辞去した。

すると、番小屋に手拭を忘れている。平九郎は拾い上げて懐中に入れ、江藤を追いかけた。

両側を大名屋敷が軒（のき）を連ねている。

その前方に江藤の後ろ姿が見えた。平九郎は呼び止めようとした。

すると、数人の侍が江藤の前に立ち塞がった。みな、黒覆面で顔を隠している。

いかん。

平九郎は駆け出した。

しかし、刃が煌めき、江藤に襲いかかる。江藤は十手を抜いて応戦しようとしたが、多勢に無勢、背中を斬られ、往来に倒れた。

そこへ平九郎が斬り込んだ。

侍たちは平九郎を囲む。

「貴様ら、尾上一風斎の門人か」

平九郎は問いかけたが答える者はいない。

一人が間合いを詰めた。

すかさず、平九郎は応戦をする。

刃と刃がぶつかり合う音が聞こえ、平九郎の手首を衝撃が伝わる。

敵は平九郎よりも長身のため、圧しかかるように鍔迫り合いを演じた。

すると、騒ぎを聞きつけた周囲の武家屋敷から侍が出て来た。

「引くぞ！」

平九郎と刃を交えていた男が刀を引き、仲間と一緒に走り去った。

追いかけようとしたが、

「ううっ」

江藤のうめき声が聞こえた。

平九郎は大刀を鞘に納め江藤を抱き起こした。江藤は虫の息である。何か話そうとしたが言葉にならない。

血が地べたに広がる。

藩邸まで担いでいこうとしたが、とても体力はもたないだろう。それでも江藤は必死で言葉を発しようとした。

「何も語らないでよい」

平九郎は制したが、既に言葉の意味を理解できないのか唇の動きが止まらない。江藤はうつろな目となりながら、

「あ、き、づき……さまに……わびて……」

ここまで語ると江藤は事切れた。

秋月に対する謝罪の言葉が平九郎の耳朶(じだ)に刻まれた。

五

明くる日の晩、八丁堀の組屋敷で江藤の通夜が催された。平九郎は裃に威儀(いぎ)を正し、弔問に訪れた。

妻と長男、長女が応待した。

南北町奉行所の同心たちが弔問に訪れ、久六と岡っ引たちが通夜を取り仕切っていた。

久六が平九郎に気付くと、悲壮な顔で頭を下げた。平九郎もうなずき返す。

平九郎は合掌してから江藤が忘れた手拭を香典と共に妻に渡した。妻は気丈にも涙を見せることなく弔問客の相手をした。

江藤の死の経緯は北町奉行所を通じて知らされている。平九郎は深くは立ち入らなかった。

表に出ると久六が待っていた。

「わたしがもう少し早く、現場に駆けつければ」

平九郎は後悔の言葉を口に出した。

「椿さまのせいじゃござんせんよ。侍たちですよ。卑怯な奴らだ。一人を大勢で襲うなんて。まるでやくざや盗賊じゃござんせんか」

久六は怒りを露わにした。

次いで、

「江藤の旦那、椿さまや秋月さまを大層褒めておられましたよ。近頃にない、武士らしい武士だって。それなら自分も八丁堀同心の意地を見せなきゃしょうがないって」

久六は涙ぐんだ。

「後は長男が継がれるのだな」

平九郎の問いかけに、

「ええ、近々にも見習いで出仕なさる予定ですよ」

久六は言った。

「江藤さんを斬ったのは尾上さまの門人と思われる。わたしの油断と言えば油断であったのだが、敵はどうして江藤さんの命を狙ったのであろうな」

平九郎の疑問に、

「江藤の旦那は尾上さまの御屋敷周辺を嗅ぎ回っておられたんですよ。そりゃ、あっしが危ないからやめるように頼んだ程なんですがね」

久六はしょぼんとした。

「そうか」

改めて江藤に感謝した。

「だから、尾上さまに目をつけられたんじゃないですかね」

久六は答えたが新たな疑問が生じた。

「しかし、江藤さんはおっしゃっていたのだが、尾上は公儀や町奉行所に支援者や理解者がいるそうだ。北町奉行所の与力にもいるだろう。だから、江藤さんが邪魔なら、上役から圧力をかけさせればいいように思うが……何も命まで奪うことはあるまい。いや、それはわたしの考えなのだがな」

首を傾げると久六も思案を始めた。

やがて、

「ひょっとしたら……」

と言ったが、躊躇ったように口を閉ざした。平九郎は話すように促した。

「旦那は尾上さまの醜聞を摑めそうだ、とおっしゃっていましたよ」

久六は言った。

「醜聞というと、尾上にまつわることか」

平九郎の問いかけに、

「おそらくは……清廉潔白の尾上さまに関する醜聞とはなんでしょうかね」

「ざっくりと考えて金銭にまつわることか女に関することか」

平九郎は思案した。

「女でしょうね」

久六は答えてから、

「江藤の旦那、尾上さまにまつわる醜聞を口にした時、下卑た笑いを浮かべたんですよ」

久六の言うのはよくわかる。

そう言えば、藩邸に来た時も、江藤は何か言いかけて結局言葉を発しなかった。確証を得てから、と言い、何か含み笑いをしていたのだ。

それに、金ならば尾上を支援する者から当然金銭面も援助するだろう。なんらかの不正による金儲けはしていないだろう。

それよりも、やはり、下半身に関係することだろう。尾上も旗本である以上、側室を置くのは非難されるようなことではない。女性問題で醜聞になるということは、たとえば人妻との不義密通ということか。

不義密通ならば、大いなる醜聞である。

「そこいらあたりをあっしは嗅ぎ回ってやろうと思いますよ」

久六は決意を示した。

「気を付けろ」

平九郎は窘めた。

「なに、用心をしますよ」

久六は江藤の仇討ちだと決意を口に出した。

そこへ、

「椿殿」

と、北町奉行所年番与力武藤義郎がやって来た。

久六は気を利かしてその場を立ち去った。

「お気遣い、痛み入ります」

武藤は一礼した。

平九郎は自分の至らなさを詫びた。

「江藤を殺めた下手人の見当をつけておられますな」

武藤は言った。

「尾上一風斎の一派でしょう」

平九郎は答えた。

「しかとした証はありますか……いや、それは明白でしょうな。しかし、町方では手出しができませぬ」

申し訳なさそうに武藤は言った。

「答え辛いでしょうか。お訊きします。北町奉行所内にも尾上一風斎を支援したり、理解する者がおりましょうな」

平九郎は武藤の目を見据えた。

武藤自身がそうなのか、という言外の問いかけもしている。

武藤は平九郎の視線から目をそらすことなく、

「拙者は尾上さまの教えに共鳴はしておりませぬ」

きっぱりと否定した。

「わかりました」

平九郎は受け入れた。

「拙者としましては、むしろ尾上さまは危険なお考えだと思います」

武藤は言い添えた。

「それは……尾上殿の人となりに対する感じなのですかな」

平九郎は問いを重ねた。

「尾上さまの人となりは存じ上げませぬ。お会いしたこともありませぬ。拙者が危うさを感じるのは、学説についてです。知行合一、いかにも優れた、また、当然のようであります。ですが、理想と現実の均衡をとってゆくのが政ではないですかな。いかに優れた考えでも、神仏ではないのですから、必ず綻びが生じます。綻びを取り繕えば無理が生じるものですな」

武藤は淡々と述べ立てた。

「なるほど、そういうものですな」

平九郎はうなずいた。

「ならば、これにて」

申し訳なさそうに帰りかけたが、

「秋月殿、明日にも解き放ちます」

と、武藤は言った。

「それはありがたいのですが」

秋月の身の証が立っていないのに構わないのか、と平九郎は目で問いかけた。

「秋月殿の殺しを立証することはできませんでしたからな。殺した、という確かな証はなし。証人の目撃談も極めてあやふやであった、と江藤から聞いております。これ以上、秋月殿を牢屋敷に留めおくことはできませぬ」

武藤は言った。

「かたじけない」

平九郎は頭を下げた。

「礼は拙者ではなく江藤に言ってやって欲しかったですな」

武藤は唇を嚙み締めながら立ち去った。

六

霜月三日、秋月慶五郎の帰還が上屋敷にもたらされた。

まずは、風呂に入り、身形を調えることを平九郎に言われ、秋月は従う。

入浴し、月代と髭を剃り、着替えを済ませると平九郎と共に盛義に謁見した。

「慶五郎、疲れたであろう」

盛義から労いの言葉をかけられ、秋月は涙ぐんだ。

「このたびは、拙者の不行状によりまして御家に多大なご迷惑をおかけし、なんとお詫びをすれば……この上は切腹を……」

生真面目な秋月はそう口走った。

平九郎が困った顔をしたところで、

「よかろう」

盛義はいつもの台詞を言った。

「ありがたき幸せにござります」

秋月は切腹の覚悟をした。その時になって盛義は自分の失言に気付き、

「いや……」

と、慌てたが、

「武士に二言はなし」

秋月は平九郎に向かって、

「椿殿に介錯をお願いしたい」

と、眦を決した。

平九郎はなんとか取り成そうと言葉を選んでいたが、

「誰か、煙草盆を秋月にもて」

と、盛義は命じた。

「……殿」

秋月が戸惑いを示すと、

「慶五郎、一服致すことを許すぞ」

盛義はにんまりとした。

煙草盆が秋月の前に置かれた。

「切腹でなく一服をお許しくださる……」

秋月は独り言ちた。

盛義は鷹揚にうなずいた。秋月は深々と頭を下げ、煙管に煙草を詰め、火打石で点火すると深々と息を吸い、吐き出した。

次いで、晴れ晴れとした顔で、

「生き返った心地でございます」

と、言った。

盛義は声を上げて笑い出した。

側に控える矢代清蔵は例によって無表情だが、わずかに目元が緩んでいた。

矢代は秋月に声をかけた。

「秋月、そなたは危うく死罪になるところ、殿をはじめ椿や町方の者に救われたのだ。命拾いしながら切腹などをしてはそれこそ不忠というものじゃ」

するると秋月は真顔になって、

「心得違いをしておりました」

と、詫びた。

「ともかく、慶五郎、今後もよろしく頼むぞ」

盛義に告げられ、秋月は決意を新たにした。


盛義への謁見を終え、平九郎は秋月と共に留守居役用部屋に入った。

佐川が待っていた。

「元気そうじゃないか」

佐川からも激励の言葉をかけられ秋月はすっかり血色がよくなった。

すると、

「為蔵の行方が知れない。尾上一派に殺されているかもしれない」

平九郎が言うと、

「そう言えば、花簪の娘の行方も知れないんですね。一体、どうしたんでしょう」

秋月は娘の行方がどうにも気になるようだ。

「それだぜ」

佐川も疑問を呈した。

平九郎が、

「岡っ引の久六が引き続き娘の行方を追っているのだが、娘の足跡すら摑めていない。ただ、面白い情報を摑んでいるのだ」

と、江藤が尾上にまつわる醜聞を嗅ぎつけた、と話した。

「醜聞とはなんでしょうね」

秋月が疑問を呈すると、

「こりゃ、ひょっとして」

佐川が半身を乗り出した。

「なんです」

平九郎が問いかけると、

「花簪の娘、尾上の屋敷に匿(かくま)われた、いや、拉致(らち)されたんだよ。おそらくは、いや、きっと、間違いない」

と、一人で興奮した。

「佐川さん、そりゃ、いくらなんでも飛躍が過ぎるというものではありませんか」

平九郎が異を唱えると、

「そうですよ」

秋月も平九郎に同調した。

「これだから、世間知らずのお武家さまは困るよ」

佐川は大袈裟に両手を広げた。

「困ると申されても……尾上が娘を拉致など、とても考えられませぬ」

尚も平九郎は抗った。

「しかし平さん、尾上屋敷で大勢の娘たちを見かけたのだろう」

佐川に反論され、

「そうですが、あれは弟の刑部殿が一緒に遊んでおったのです。それを尾上殿は苦々しい顔で見ておったのです」

平九郎は言った。

「だから、尾上がやらせているのではないんだよ。刑部だ。刑部がお気に入りの娘を屋敷にさらっているんだよ。まったく、とんでもない野郎だ。そんな弟がいるとあっては尾上がいくらご立派な教えを広めていても、絵に描いた餅というもんだぜ。こりや、悩ましい弟なんだよ」

佐川が言うと突飛な考えでも説得力があるから不思議だ。

「秋月、その娘、いい女だっただろう」

佐川は言った。

「そうですね……あまり、長い間見ていたわけではありませんからよくはわかりませんが」

秋月が答えると、

「だけど、見惚れていたんだろう。若い大工がちょっかいをかけた時に間に入ったんだからな」

佐川に指摘され、

「そうでした」

秋月は照れたように認めた。

「だったら、いい女だろう」

佐川が言った。

「そうですね」

「もう一度、見たらわかるよな」

佐川に確かめられ、

「わかります」

今度は自信を持って秋月は答えた。

「よし、ならば、尾上の屋敷に行き、刑部が連れている娘たちの顔を確かめるんだ」

佐川の提案を受け、

「わかりました。乗り込みますよ。ですが、忍び込むわけにはいきませんね」

秋月は躊躇いを示した。

「よし、わたしと行こう。実は、刑部を当家の寄場で鍛える、と大殿が申されておるのだが、まだ、下屋敷にやって来ないのだ」

平九郎は苦笑いを浮かべた。

「なら、迎えに来たってことになるわけだな、そりゃ、好都合だ」

佐川も同意した。

平九郎が、

「それにしても、娘たちはさらわれたというような悲壮感はなかったな。むしろ、楽しそうだった」

と、首を傾げた。

「すると、進んで尾上屋敷に行っているんですかね」

秋月は疑問を呈した。

「銭金を与えているんだろう」

佐川は言った。

それも含めて平九郎と秋月は尾上屋敷を訪れることにした。


平九郎は秋月を伴って尾上屋敷にやって来た。

すぐに通され、書庫に向かおうとしたが尾上は庭で待っているそうだ。

「まずは、確かめてみようか」

平九郎は誘った。

「そうですね」

秋月も乗り気になった。


平九郎と秋月はそっと裏手に回った。今日も刑部が数人の娘たちと菊畑の隅で遊んでいる。今日は蹴鞠(けまり)をやっていた。

「あの中にいるか」

平九郎が問いかける。

「ええっと」

秋月は目を凝らした。

刑部を中心に娘たちは楽しそうだ。秋月はしばらく見ていたが、

「おりません」

と、首を捻った。

「しかとか」

平九郎は確かめた。

「おりません……」

否定してから秋月はもう一度、娘たちの顔をまじまじと見入った。

「どうした」

平九郎が確かめると秋月は耳に入らないようで返事をしない。平九郎も黙って秋月の言葉を待った。

すると、

「あれ……」

秋月は大きく目を見開いた。

「どうした、見つかったのか」

気になり、平九郎は問いを重ねた。

「いいえ、そうではないのです」

秋月は平九郎を向いた。

平九郎が首を傾げると、

「よく、ご覧ください。娘たちの髪を飾るのは花簪、しかも菊の花です」

興奮気味に秋月は答えた。

「丸本にいた娘も菊の花簪だったな」

平九郎には秋月の言わんとする意味がようやくわかった。

「なるほど、珍しい簪だ。しかし、肝心の娘の姿はないのだな」

平九郎は訝しんだ。

「何処かにおるのでしょうか」

秋月が言ったところで尾上がやって来た。平九郎は、

「これは失礼しました。お庭が美しいので散策をしておりましたところ、刑部殿をお見かけしました」

と、いつまでも寄場に来ないので様子を見に来た、と伝えた。

「これは、失礼した」

尾上は恥じ入るように目を伏せた。

次いで、

「まったく、情けない限りでござる」

と、吐き捨てるように言い添えた。

「ところで、あの娘たちは何処の……」

平九郎が問いかけると、

「刑部が連れて来るのです」

尾上は言った。

「連れて来る、とは」

平九郎は問いを重ねる。

「江戸府内をほっつき歩き、目についた娘に声をかけ、美味い物を食わせるとか小間物をやるとか言いくるめて連れて来るのだ」

顔を歪め尾上は答えた。

「無理強いではないのですな」

平九郎が勘繰ると、

「滅相もない。断じて、そのようなあこぎなことをするはずはない。そんなことを許す拙者でもない」

見栄を切るように尾上は強調した。ここは尾上の顔を立て、

「それは、失礼しました」

平九郎は謝った。

ここで秋月が、

「刑部殿と話をしたいのですが」

と、頼んだ。

「承知しました」

尾上は刑部を呼んだ。刑部は渋々といったように娘たちと遊ぶのを中止しこちらにやって来た。

刑部は平九郎と秋月を見た。

すると、わずかながら刑部の目元に影が差した。しかし、それも束の間のことで、

「刑部です」

と、挨拶をした。

平九郎が、

「大殿がお待ちですぞ」

と、語りかけた。

「はあ、申し訳ございませぬ。いささか、準備に戸惑いまして」

取ってつけたような言い訳をした。尾上は困った顔で、

「刑部、大内の大殿の好意を無にしてはならんぞ」

「承知しております」

不機嫌に刑部は返した。

「一日も早くおいでくだされ」

平九郎は言った。

無言で刑部はうなずく。

「ところで、あの娘たちの髪を飾る簪、珍しいですな」

平九郎が問いかけた。

武骨（ぶこつ）な平九郎がそんな問いかけをすることが意外だったようで刑部はおやっという顔になり、

「いかにも、馴染みの小間物屋に頼んで京の都から取り寄せたのです」

やや誇らしそうに刑部は答えた。

「さぞや、娘たちは喜んだでしょうね」

平九郎の言葉に、

「それはもう大いに喜びました」

誇らしそうに刑部は胸を張った。

「今、この屋敷におる娘はあれだけですか」

平九郎が問いかけた。

「そうですが……」

それがどうした、と刑部は無言で問い返した。

「先日、お伺いした際にもう一人おったような」

平九郎は鎌をかけた。

「いや、おりませぬ」

刑部は即答した。

その表情に変化はなく、嘘を吐いているようには見えない。

「では、わたしの見間違いかもしれませぬな」

平九郎は言った。

「貴殿の見間違いだと思います」

刑部は言った。

「しかし、どうも、あの花簪に見覚えがあると言う者がいるのですよ」

更に平九郎は食い下がったが、刑部は無視して立ち去った。

第四章　大いなるしくじり

一

尾上屋敷を辞去しようとした。

尾上に挨拶をしようとしたが尾上の姿はない。

すると、俄(にわ)かに大勢の侍たちがやって来た。みな、紺の道着に身を包み、木刀で素振りを始めた。

たちどころに、刑部は渋面を作った。

「まこと、無粋ですね。せっかくの菊が台無しだ」

刑部は尾上の門人たちを快く思っていないようだ。すると、門人の一人が近づいて来た。先日、尾上を道場に誘いに来た男、旗本桜井(さくらい)勝之進(かつのしん)というそうだ。長身でいかにも武芸達者だ。

「刑部殿、一緒にやりましょう」

桜井が声をかけると、

「やりませぬよ」

躊躇いもなく、刑部は拒絶した。

「そのような……」

困り顔で桜井は小さくため息を吐いた。

この声……、そして背格好……。

そうだ、江藤を襲った者のうち、平九郎と刃を交えた者に違いない。

「貴殿、どこぞでお目にかかりませんでしたか」

不意に平九郎は語りかけた。

「さて……拙者には覚えがござりませぬな」

桜井は否定したが目元がぴくぴくと引き攣った。平九郎と秋月が名乗ると桜井も名乗り返してから、

「椿殿、我らの同志となりませぬか」

抜け抜けと誘ってきた。

そこへ肥え太った男と五尺そこそこの小柄な男がやって来た。二人は名乗った。太った方が大下喜三郎、短軀が持田与兵衛というそうだ。

「同志……」

平九郎は秋月を見た。

「志を同じくして一体何をしようというのですか」

秋月が問い直した。

「学問ですよ。陽明学の学徒になりませぬか。尾上一風斎先生は当代一の陽明学者でいらっしゃいます。ああ、そうだ、大内家の大殿、盛清公は陽明学に目覚められましたぞ。椿殿、秋月殿が我らと共に陽明学を学ぶこと、大内家としても反対はなさいますまい」

けろっとした顔で桜井は言い立てた。

「まずは、大殿に学びたいと思います」

心にもないことを平九郎は断る言い訳とした。桜井はそれがよろしかろう、とあっさり認めた。社交辞令で誘っただけで本気ではなかったようだ。

「ところで、陽明学は知行合一を標榜しておりますな。貴殿らは知行合一についてどのように考えておられるのですか」

おもむろに、平九郎は問いかけた。

「己を捨て、世に尽くす……と、申しますといかにも絵空事のように聞こえるでしょうかな……」

含みを残す言葉を桜井は発した。

その時、刑部が声を放って笑った。

桜井の顔が不快に歪む。

「真面目腐って、馬鹿みたいだね」

笑いながら刑部は桜井をくさした。

「刑部殿、言葉が過ぎますぞ」

怒りを嚙み殺しながら桜井は返した。

「そうかな……わたしは間違ってはいないと思うけどな。だって、自分を捨てることなんかできないでしょう。世のために尽くすなんて馬鹿馬鹿しいしね。兄にも言ったことがありますよ。とても怒られたけどね」

涼しい顔で刑部は持論を展開した。

「よくも、そのような無礼なことを……刑部殿、いい加減、目覚められませ。兄上を見習いなされ」

桜井は拳を握った。

しかし、刑部はひるまずに、

「あのね、人の考えはそれぞれですよ。同志なんていうけど、あんたたちだっていざとなったら、各々好き勝手な考えを持って動くのさ」

刑部の論評に、

「そんなことはござらぬ、我ら一味同心、生きるも死ぬも同じでござる」

桜井はむきになった。

「そうやって力むというのは、わたしから本音をつかれたんじゃないのかな」

刑部はからかいの笑いを浴びせた。

「刑部殿、今のうちに改心しなければきっと悔いを残しますぞ」

語調強く言い置いて、桜井は足早に立ち去った。

「怒らせたね」

刑部はぺろっと舌を出した。

刑部という男、物怖(ものお)じしない人柄に加え、冷静な判断力を持っているようだ。斜(しゃ)に構えた言動の裏には冷めた人生観が感じられる。

平九郎と秋月は苦笑するしかなかった。

「椿さん、お手柔らかにね」

刑部はにっこり微笑んだ。秋月にも、

「お世話さま」

と、声をかける。

「あ、いや、拙者は寄場では特に何をするわけではござらぬ」

あわてながら秋月は返した。

「でも、顔を合わせることはあるんでしょう」

「まあ、それは」

秋月は曖昧に誤魔化した。

刑部は桜井への反発からか平九郎と秋月に親しみを抱いているようだ。

よし、と平九郎は問いかけた。

「ところで、刑部殿は娘たちと遊ぶのがお好きなようですね」

平九郎の問いかけを不快がることなく、

「当たり前でしょう。さっきのような無粋、武骨な男と遊ぶことなんかできないですよ。きれいな娘との遊びは何にも代えがたいものです。娘たちの笑顔を見ていると楽しいよ。椿さんも秋月さんもやってみたらいいよ。大名はさ、中屋敷、下屋敷を持っているじゃないですか。下屋敷なんか広々として遊ぶにはもってこいさ……あ、そうか。大内家の下屋敷は寄場を真似しているんだったね。寄場もいいけど、町人に開放して遊び場にしたらどうかな。大殿に進言したらどうですか」

悪びれもせず刑部は持論を述べ立てた。

まさしく、兄とは正反対の生き方である。

「あの娘たちは、こちらの御屋敷に奉公する女中ではありませぬな」

平九郎が確かめると、

「違うよ。だって、屋敷の女中と遊ぶの、兄は許さないからね」

当然のように刑部は認めた。

「では、どちらの娘ですか」

「市中を散策していて知り合った者たちですよ」

「娘たちの親や身内は存じておるのですか」

「椿さん、わたしを人さらいだと疑っているのですか」

そりゃ、困るなあ、と刑部は嘆いた。

「人さらいとは思っておりませぬ。みな、楽しそうですからな。決して、いやいやではない。みな、望んでこちらに来ているのだとわかります」

実際、娘たちにさらわれてきたというような悲惨さはない。彼女らは檻や牢獄に入れられてもいないのだ。

複数の娘たちを刑部がさらったのなら、いくら名門旗本といえど問題になる。さらわれた親や家族は黙ってはいないだろう。

しかし、尾上屋敷にまつわる娘かどわかし問題は起きていない。北町奉行所同心の江藤幸太郎は尾上家の醜聞を摑んだようだが、刑部は関係していないのだろうか。

それとも、問題にならないように尾上が町奉行所や幕閣に手をまわしているのだろうか。たとえば、金を摑ませているのでは……。

いや、それは考えにくい。

尾上は学識深い陽明学者として尊敬されている。江藤によると幕閣や町奉行所の上層部にも尾上贔屓（びいき）というか、尾上に共鳴する者は珍しくはないという。そんな者たちも弟が町娘をさらっている、などという醜聞を耳にすれば尾上への信頼は地に落ちる。

弟の不埒（ふらち）な行いを見て見ぬふりをしている、ましてや金で穏便に済まそうなどとすれば、知行合一が泣くというものだ。

江藤が醜聞だと思ったのは、刑部が娘たちと遊び惚（ほう）けていること自体を指しているのだろうか。

「いつも同じ娘たちなのですか」

平九郎は問いかけた。

「椿さん、気に入った娘ができたのですか」

刑部はにんまりした。

「そういうわけではありませぬが、刑部殿があんまりにも楽しそうですので、ふと興味を覚えた次第です」

言い訳めいた言葉を返したが刑部はうなずき、

「娘たちの勝手に任せていますよ。屋敷に来たくなくなったら来なくていい、そういう約束をしているんですよ。だって、無理強いをしたら楽しくないものね」

この時ばかりは刑部は真面目な口調になった。

「では、入れ替わりはちょくちょくあるのですね」

「ちょくちょくはないね。だって、みんな、楽しいと感じているから、いつまでもここで遊びたがりますよ。喜んで通って来るさ」

刑部の言葉に嘘はないようだ。

「なるほど……では、最近、ここ二十日くらいですが、新規で加わったり、抜けたりした娘はいますか」

平九郎は娘たちを見た。

「いませんね」

刑部は即答した。

平九郎はうなずき、秋月は更に目を凝らした。

「椿さん、わたしが何か娘たちとの間で問題を起こしている、と思っているのじゃないですか」

刑部は抗議をするような目である。

「そんなことはありませんよ。いや、失礼しました。つい、娘たちと遊ぶ刑部殿があまりに生き生きとしておられるので、つい、気になってしまったのです。我らは娘と語らうなんてことはありませんからな……なにせ、我ら無粋で武骨ですので」

平九郎は秋月に笑いかけた。

「まったくですよ。一緒に遊ぶどころか言葉を交わすこともありませんからな」

秋月も羨ましがった。

「その気になればできますよ。市中、特に盛り場を散策すればよいのです」

「ですが、拙者のような田舎侍は娘に声などかけたら、逃げ出されますな」

秋月は手で頭を掻いた。

まじまじと刑部は秋月の顔を見て、

「そんなことはないですよ。秋月さんは実直そうで強そうだから、きっと、ついてくる娘たちはいますよ」

励ますように語りかけた。

そうだ、と平九郎は丸本の一件を持ち出した。

「ところで、秋月は先般、ある居酒屋で酔った男に絡まれた娘を助けたというのに、礼の一言もなく立ち去られたのですよ。まったく、もてないなあ、そなたは」

秋月をからかいながら刑部の表情を窺った。

刑部は目をそらした。

「お蔭で牢に入れられましたよ」

秋月は渋面となった。

さりげなく、

「そう言えば、居酒屋で助けた娘、菊の花簪を挿していたのだったな」

平九郎は秋月に確かめた。

「そうですよ」

秋月が肯定すると、

「あのような簪だな」

更に平九郎は娘たちの髪を飾る簪を指差す。

「まさしく」

語調を強め、秋月は首を縦に振った。

「刑部殿、秋月が関わった娘、心当たりござりませぬか……というのは、秋月が文殊屋常次郎殺しの濡れ衣を着せられてしまい、疑いを晴らすためにその娘を探しているのです」

平九郎は秋月が娘を助けた時には丸本に居たのだから、それを証言してもらおうと探したのだが見つからないと説明した。

「珍しい菊の花簪を挿しておりましたので、見つかりそうなものなのですが……値の張りそうな小袖で着飾っておったとのこと、嫌でも目立つ娘ですから見つからないのは不思議議です。刑部殿ならおわかりかとお尋ねした次第」

平九郎は繰り返し刑部に娘について問いかけた。

「知りませんな」

刑部は首を横に振った。

それから、言葉足らずと思ったのか、

「いかに娘好きのわたしでも、芝界隈の全ての娘を存じておるわけではありませんからな」

と、言い添えた。

「それもそうですな」

それ以上は踏み込まず、話を変えた。

「そうじゃ、寄場で刑部殿に娘たちとの遊び方について講習をしてもらいましょうか」

冗談のつもりで秋月に言ったのだが、

「それはよいですが、大殿がお許しになりましょうか」

秋月は大真面目に危惧した。

「そういえば、わたしは、寄場では何を習うのですか」

刑部は不安を募らせた。

「寄場を御覧になってからご自分で決めてください。ただ、大殿は畑仕事や剣術を考えておられます」

平九郎は言った。

「いやだな」

露骨に刑部は顔をしかめた。

「お嫌でしょうが、是非とも寄場にお越しください」

改めて平九郎は頼んだ。

「わかりましたよ」

刑部はあえて肩をそびやかそうとした。

二

約束通り、刑部は大内家下屋敷にやって来た。

平九郎が案内に立った。

大名の隠居、または世子（せいし）は中屋敷に住まいするのだが、盛清は下屋敷の気軽さを好み、年の大半を下屋敷で過ごしている。

いかめしい門構えではなく、広々とした敷地は、別荘のような雰囲気が漂っていた。厳寒のみぎり、枯れ葉が舞い、銀杏の葉が黄落（こうらく）している。冬晴れの昼、柔らかな日差しが降り注ぎ、日陰に入らなければぽかぽかと暖かい。

刑部は目を輝かせながら屋敷内を見回す。

「うわあ、やっぱり大名屋敷は広くていいね。娘たちと思う存分に鬼ごっこができるよ」

はしゃいだ声で刑部は言い立てた。

「刑部殿、大殿がお待ちです」

平九郎は刑部を促すと足を速めた。

きょろきょろと見回しながら刑部は平九郎について行く。

「あの一帯、大内家の国許にある村を意識して造ったんじゃないの」

刑部が指摘したように国許の里山をそのまま移したような一角がある。

そうかと思えば、数寄屋造りの茶室、枯山水の庭、能舞台、相撲の土俵もあった。

「なんだか支離滅裂だなあ。統一性がないというか……でも、色々と試せて飽きないだろうな」

刑部は好意的だが、実際のところは盛清の飽きっぽさの残骸であった。もっとも、手入れはなされているため、見映えは保たれている。

また、様々な青物が栽培されている畑もあった。

畑は大内家に出入りする豪農が手配した農民が耕している。気紛れな盛清ゆえ、時に自ら鍬や鋤を振るう。

その際は大騒ぎになる。

鋤や鍬を使う農民に腰が入っておらん、とかもっと耕せ、とかあれこれ口を挟むのだ。

また、今はほとんど使われなくなった窯場があった。盛清が陶芸に凝っていた頃には盛んに煙が立ち上っていたのだが、盛清は陶芸に飽きて、放置されている。

「窯場か、いいな。よし、寄場では陶芸を身に付けようか。わたしが焼いた茶碗を娘たちにあげよう。きっと、喜ぶぞ」

刑部は寄場に楽しみを見出したようだが、盛清が望み通りに陶芸修業をさせてくれるかどうかわからない。

家臣に確かめると盛清は裏庭にいるそうだ。

主殿の裏手に回る。大きな池があり、周囲を季節の草花が彩っている。

その畔(ほとり)で盛清は床几(しょうぎ)に腰を据えていた。小袖に袖なし羽織を重ねた軽装である。

盛清は立ち上がり刑部を歓迎した。

「やっぱり、大名の暮らしというのは優雅でいいですね」

呑気なことを刑部は言った。

盛清はそれには答えず、平九郎に目配せをした。

「さ、こちらで、まずは着替えてください」

平九郎は番小屋に案内をした。

そこには地味な木綿の着物が用意してある。

「これに、お着替えを」

平九郎は着物に視線を向けた。

「これですか」

渋面になって刑部はいかにも不満そうな顔をした。

「お願い致します」

丁寧に平九郎が頼むと、刑部は渋々従った。

着替えを終えると、

「様子が悪いな」

刑部は文句を言い始めた。それを無視して平九郎は案内に立った。裏手に設けられた寄場へと至る。

複数の細長い小屋が建ち並んでいる。

幕府が営む石川島の人足寄場同様、大工、建具師、左官、塗師(ぬし)、指物師(さしもの)、炭団(たどん)作りなどの男向きの職ばかりか裁縫、洗濯などの女向けの職もあり、望む職を身に付けることができる。

盛清は石川島と同じでは物足りない、と彫物、三味線なども習得できるようにしている。盛清自身も彫物を始めたのだが陽明学に興味が移った。彫物を指導する仏師や習う者たちは盛清が口出ししなくなって安堵している。

また、佐川権十郎が落語や講談を教授しているが、病と称して大内家に出入りしていなかったのと秋月慶五郎の騒動で休業状態だ。

小屋とは別に畑があった。

いきなり、盛清が、

「おい、草抜きだ」

と、刑部に命じた。

「ええっ……」

刑部は戸惑った。

「ぼけぼけするな」

盛清は急き立てたが、

「大殿、わたしは陶芸を習いたいんですよ」

と、刑部は希望した。

「その前に畑仕事をやれ」

一方的に盛清は命じる。

「青物の栽培はできなくたっていいですよ。それより、茶碗を焼かせてください」

尚も刑部は言い立てた。

「駄目だ。ここはな、遊び場ではない。手に職を付ける寄場である。そなたは武士なのだから手に職を付ける必要はない。しかし、武士としての心身が整っておらぬ。よって、心身を鍛えてやる。心身が鍛えられたなら陶芸でも彫物でも習うがよい」

盛清は清正に目配せをした。

「刑部殿、やりますぞ」

平九郎は畑に屈んだ。

文句を言いたそうだったが、盛清が横を向き聞く耳を持たない姿勢を示したため、刑部も平九郎の側に腰を落とした。畑に生えている雑草を平九郎は取り始めた。

見よう見まねで刑部もやり始める。

「つまらないな」

刑部は嘆いた。

「無駄口を叩くな」

すぐに盛清から叱責が飛んだ。

「はいはい」

刑部が答えると、

「返事は一度じゃ」

盛清はぴしゃりと言った。刑部は肩をすくめ、口を閉ざすと草むしりを続ける。が、すぐに、

「あ～、腰が痛い。少し、休む」

刑部は立ち上がると拳で腰を叩いた。

平九郎は作業を続ける。

「草むしりに戻れ」

盛清は刑部に命じた。刑部は不貞腐れたように口を尖らせた。それでも、盛清の目から逃れることはできないと雑草取りを再開する。

しばらく続けていると、盛清が何処かへ立ち去った。

すると、

「やれやれ」

刑部は大きく伸びをして鼻歌を歌い始めた。

次いで、

「よくやるよ、こんなこと」

小馬鹿にしたように刑部は冷笑を放った。

「刑部殿、やりましょう」

平九郎は勧めた。

「もっと、楽しいことがあるでしょう。そうだ、大工なんかいいかもな」

無責任に刑部は言った。ついさっきまでは陶芸をやりたいと言っていたのだ。刑部は盛清以上に気紛れなようだ。

「まずは、畑仕事です」

平九郎は言った。

「こんなの畑仕事じゃないだろう」

刑部は逆らった。

「これをしなければ、いくら種を蒔いても作物は育ちません」

「そうかもしれないが」

刑部はぶつくさと文句を言いながらも草むしりを続けた。

三

霜月十日、岡っ引の久六は尾上屋敷の周辺を嗅ぎ回っている。

そのうちに一人の娘に目をつけた。

刑部が屋敷に招いている娘の一人だ。娘はお陽という名で、芝神明宮の境内にある水茶屋の娘であった。

このところ、お陽は尾上屋敷には行っていない。久六は茶屋に入り、お茶と草団子を頼んだ。曇天模様の寒空が幸いして、客はまばらである。

「どうした、このところ茶屋で見かけなかったぜ。それが、また、店に出るようになってくれたたっていうのはうれしいが」

病気だったのか、と久六は気さくな調子で訊いた。

「あら、親分、気にかけてくださっていたんですか」

お陽はにっこり微笑んだ。

「そりゃそうさ」

久六が返すと、

「ご心配をおかけしましたね」

お陽はぺこりと頭を下げた。

「親父さんに訊いたんだ。お陽ちゃん、どっか悪いのかってね。そうしたら、どこも悪くないってことだからな。じゃあ、どっかの悪い男に引っかかって嫌な思いをしているんだろうって、勘繰ったって寸法だ」

久六は自分の勘違いだったと失笑した。

「親分たら、取り越し苦労ですよ」

声を出してお陽は笑った。

調子を合わせ、久六も笑い声を上げ、

「いやな、おいらが心配したのはな、芝界隈でな、娘がかどわかされているって噂が流れていたからなんだよ」

真顔になった。

「へ〜え、そうなんだ」

お陽は首を捻り、知らなかった、と呟いた。

「お陽ちゃんも用心しなきゃいけねえよ」

「あたしは大丈夫よ。それで、そのかどわかしっていうのはどういうこと」

　お陽は興味を示した。

「こりゃあくまで噂だぜ」

　と、断りを入れてから、

「かどわかされた娘は、某御旗本の屋敷に連れ込まれるって話だ。御旗本は目につい
た別嬪（べっぴん）にうまいこと言って……銭や菓子、小間物なんかをやるって言って屋敷にさら
うってな。旗本屋敷だから町方が踏み込めないんだよ」

　もっともらしい顔で久六は語った。

「あら……そんな噂が」

　お陽の表情が曇った。

「どうした、何か心当たりがあるのかい」

　すかさず久六が踏み込むと、

「……そうね」

　曖昧に首を傾げていたが、

「噂って怖いね」

　と、ぽつりと漏らした。

「ああ、噂はあなどれない。真実だろうが嘘だろうが独り歩きをするからな。だがな、

火のない所に煙は立たない、とも言うぜ。そんな噂が流れているってことは、大袈裟にしても、見ず知らずの娘たちに声をかける不埒な旗本がいるんじゃないか」

訳知り顔で久六は返した。

「刑部さまは悪いお方じゃない」

独り言のようにお陽は言った。

「刑部さまってどなただい」

久六は突っ込んだ。

「別に……」

お陽は顔をそむけた。

「なんだい、話せないようなお方なのかい。ひょっとして娘をさらっているって噂の御旗本じゃないか」

わざと久六は穏やかな笑みをたたえ、決してお陽を威圧しないように語りかけた。

「違うわよ。いや、違わないけど違うのよ」

お陽は混乱をきたした。

「慌てることはねえよ。ゆっくり話してくれないか」

久六は腕を組んだ。

お陽はしばし思案をしてから、

「刑部さまは、とっても娘好きなのよ。だから、娘と一緒に遊びたいの。でも、側女に囲うとか、座敷牢に閉じ込めて慰み者にする、とかじゃないのよ。ご自分だけじゃなく、あたしたちも楽しませてくれるんだから」

お陽は真剣な顔で刑部を庇った。自分が刑部の屋敷に出入りしているのを認めもした。

「刑部さまっていうのは、どちらにお住まいなんだ」

わかっていながら久六は確かめた。

「芝三島町の御屋敷街の一角、お兄上さまが尾上さまっておっしゃるの」

お陽は言った。

「尾上さまって、高名な学者先生だな。そんな偉いお方の弟さまが娘を集めて遊んでいるとはな……世の中、わからないもんだな」

久六は感心したように何度もうなずいた。

「そんなお偉い兄上さまがいらっしゃるから、刑部さまは困っていらっしゃるのよ。四角四面の兄上さまでしょう。出入りしている方々も肩を怒らせ、恐い人ばっかり。だから、息抜きがしたいのよ」

お陽は刑部に同情を寄せた。

「なるほどね、じゃあ、お陽ちゃんは喜んで尾上さまの御屋敷に遊びに行っていたんだな」

「そうよ。鬼ごっこで遊んだり、きれいな小間物を頂いたり、お小遣いもくださるんだから」

お陽は店の奥に引っ込んでから菊の花簪を挿して戻って来た。

「これ、素敵でしょう。刑部さまに頂いたのよ」

自慢そうにお陽は簪を見せた。

「なるほど、こりゃ、見事なもんだ」

久六は秋月の証言を思い出した。すると、あの娘をお陽は知っているのかもしれない。

「この簪だがな、刑部さまが下さったんだな。すると、尾上さまの御屋敷に通う娘たち全員が貰ったのか」

「そうよ。刑部さまは依怙贔屓しないの」

お陽はうなずいた。

「なるほど、ご立派なお方だね」

久六は話を合わせた。

お陽は、

「また、御屋敷で遊びたいわ」

と、嘆いた。

「刑部さまはご病気なのかい」

「そうじゃないのよ。大内さまっていうお大名の御屋敷に通うことになったの。兄上さまの言いつけでね」

「そうかい」

「兄上さまにしたら、刑部さまに真面目になって欲しいんだろうけど、つまらないわね。ほんと……お侍って、鯱張って暮らさなきゃいけないのかしら。そうなら、刑部さまはお侍の家に生まれなければよかったのに……そうよ、刑部さまだったら役者の家に生まれたらよかったのよ。尾上家は尾上家でも御旗本じゃなくて尾上菊五郎の家に生まれたら、千両役者になるわ。舞台映えするもの。二枚目でも女形でも評判になるわよ」

語るうちにお陽は興奮した。心底から刑部を慕っているようだ。

「そうかね……名門旗本の御家に産まれたら、そりゃ堅苦しいだろうが食うには困らないぜ。人には生まれ落ちた星ってものがあるんだよ。そりゃともかく、お陽ちゃんたち、いいよな、広々とした御屋敷の御庭で伸び伸びと遊べるんだものな」

羨ましいと久六は言った。

「でもね、御屋敷の中で何処に行ってもいいってわけじゃないの。菊畑だけなんだけどね」

「きれいだろうな」

「とってもきれいなんだけどね」

お陽の声が曇った。

「どうしたんだ」

「なんでもない」

「そんなことはないだろう」

この時、久六は鋭い眼差しとなった。それに気圧されるようにお陽は、

「菊畑の一角なんですけど、以前は立ち入り勝手だったんですけど、禁足の場所になってしまって」

お陽は言った。

「刑部さまが決めたのかい」

「兄上さまに難しい学問を習っておられる怖いお侍さまですよ。怖いだけでなく嫌なお侍なの。あたしたちを犬や猫のように扱うんだから」

侍はお陽たちを見かけると、「しっ！」と犬猫を追い払うような扱いをするのだそうだ。禁足の地について訊くと、菊人形がひときわ鮮やかな一帯であるそうだ。

「そりゃまたどうしてだい、刑部さまはなんとおっしゃっているんだ」

久六の問いかけに、

「刑部さまは何もおっしゃらない。ともかく、立ち入らなければいいんだからって気にかけておられませんよ」

お陽は不満そうだ。

「なら、近づかないに越したことはないよ。お陽ちゃんが気を回すことじゃないさ」

久六は慰めた。

「うん、また刑部さまと遊べればいいんだものね」

「そうだ。触らぬ神に祟(たた)りなし、ってもんだぜ」

久六は草団子を頬張った。

「親分、刑部さまに取り入ったら何か良い思いができるかもって魂胆(こんたん)なんじゃないの」

お陽はからかうようだ。

「そんな大それたことは考えちゃいないさ。でも、お陽ちゃんが楽しそうで安心したよ。いやあ、よかったな」

久六は満面の笑みを浮かべた。

「本当にね」

「そうだ、おいらも、遊びの仲間に加えてもらいたいね。なあ、お陽ちゃん、刑部さまに頼んでおくれよ」

へへへ、と久六は揉み手をした。

「駄目」

即座にお陽は拒絶した。

「つれないね」

久六は舌を出した。

「親分みたいな無粋な男は、刑部さまは嫌がるの。それに、男は受け入れないわ」

ずけずけとお陽は言い立てた。

四

平九郎は上屋敷に久六の訪問を受けた。

久六は遠慮して表門に来ることはなく、裏門脇の番小屋で待っていた。

平九郎が顔を出すと、

「お忙しいところ、すみません」

と、恐縮しながらも報告があると告げた。

番小屋の片隅で報告を受けた。

久六はお陽から聞いた菊畑の様子を語った。

「すると、その一角に禁足の地があるんだな。そこには……」

平九郎が言葉を止めると、

「確かめたわけじゃないんですがね、秋月さまがおっしゃる花簪の娘の亡骸が埋められているんじゃないですかね」

久六は推量を披露した。

「その可能性はあるな」

平九郎も賛意を示し、続きを促した。

「おいら、忍び込んで探ればいいんですがね、どうも、そこまではおっかなくて」

すいません、と久六は手で頭を掻いた。

「いや、構わぬ。そなたはそこまでやってくれたのだ。あとは、当家で行う」

感謝の言葉を告げ、

「食事でもしてくれ」

平九郎は案内に立ち、久六を台所へと案内した。

「まあ、食べてくれ」

平九郎は久六のために食膳を調えた。久六はぺこりと頭を下げた。

「酒もどうだ」

平九郎は勧めたが、

「せっかくですが、江藤の旦那を殺した奴らが捕まるまでは、酒を断っていますんで」

恥ずかしそうに久六は断った。

「そうか」

平九郎もそれ以上は勧めなかった。

「よい同心だったのだな」

平九郎もしんみりとなった。

「ええ、やくざなおいらを立ち直らせてくれましたんでね」

久六は鼻をすすり上げた。その目は潤んでいた。


平九郎は藤間源四郎に久六から聞いた尾上屋敷の菊畑について話した。

「わかりました、探ってみますよ。どうりで、秋月殿が目撃した娘が見つからなかったはずです」

藤間も納得したようだが、表情は曇っている。岡っ引の久六に出し抜かれたとまでは思っていないだろうが探索の玄人として敗北感を抱いているのかもしれない。

藤間の誇りを傷つけることなく、

「よろしく頼みます」

平九郎は頭を下げた。

藤間は尾上屋敷に潜入をした。

黒覆面黒装束に身を固め、大刀ではなく長脇差を差している。

夜更け、門は閉ざされ、屋敷は眠りの中にある、と思いきや書庫からは灯りが漏れていた。してみると、まだ講義が行われているのか密議に及んでいるのか。

どうせなら、尾上と門人たちの話も調べてみよう。

藤間は書庫に近づいた。

玄関脇に植えられた赤松の枝を伝い、屋根裏に忍び込んだ。蜘蛛の巣を払い除け、息を殺しながら這い進む。

節穴があり、藤間は覗き込んだ。

「先生、いよいよですぞ」

桜井が語りかけた。

「うむ、みなも覚悟はよいな」

尾上も返した。

米蔵を襲おうというのだろうか。

果たして歓声が上がった。

「危惧すべきことはなんだ」

尾上が問いかけた。

「我らの動き、常次郎を通じて幕閣の耳に達しておるかもしれませぬ」

持田与兵衛が返した。

ざわめきが起きる。

すると、桜井が言った。

「先生のお考えに共鳴する方々は公儀に少なからずおられます。米蔵を襲い、米の値暴騰による打ち壊し騒動、そう、安永（あんえい）の頃のような大掛かりな打ち壊しが起きれば、公儀の政道が批難の的（まと）となり、先生に共鳴する方が老中や若年寄に就任なさります。その暁（あかつき）には先生は新井白石（あらいはくせき）のような立場となられましょう。知行合一が実現するのです」

動揺していた門人たちは表情を和（なご）ませた。

新井白石は学者、六代将軍家宣（いえのぶ）、七代将軍家継（いえつぐ）の侍講（じこう）として幕政に参画し、大いなる影響力を発揮した。門人の間から、新井白石の名が語られ、尾上が白石の立場に立てるのだと興奮した。

門人たちを煽るように、

「我らの企ては義挙（ぎきょ）、世直しである」

桜井が宣言した。

「世直しだ！」

「義挙だ！」

門人たちは沸き立った。

みなの心配が去ったのを見て尾上も安堵の表情となった。

そこへ、

「ところで、大内家の椿平九郎、気になります」

大下喜三郎に指摘され、

「あの者か」

尾上も唸った。

「刑部殿が大内家の下屋敷に通っておるのですな」

「まあ、あいつも、性根を入れ替えてくれなければな」

尾上は弟のことになると気が差すようだ。

「刑部殿を下屋敷に通わせるのは、公儀から言われ、尾上先生と我らを探ろうという椿の魂胆なのではありますまいか」

「刑部のことと我らの企てとは無関係であると思うぞ」

いきり立つ桜井を尾上は窘めた。

それでも、

「そうですかな」

　桜井は疑わしそうだ。

「そうか……いや、みなが勘繰るのはもっともであるな。ならば、刑部に問い質そう」

　尾上は立ち上がった。

「先生、わたしが呼びにまいります。いつもの場所にいらっしゃいますか」

　門人の声が聞こえた。

「頼む」

　尾上が言い、一人が書庫の広間から出て行った。

　重苦しい空気が漂っている。

　藤間は息を殺し、少しのやり取りも聞き逃すまいと神経を研ぎ澄ます。

　空咳と膝を組み替える音が聞こえるばかりである。

　やがて、門人が刑部を連れて来た。

「なんだよ、こんな夜更けまで真剣な顔をして、難しい学問の話かい」

　あくび混じりに刑部は問いかけた。

「馬鹿者」

尾上は門人たちの手前か、厳しい声音で注意をした。

「怖いな」

刑部は言った。

「座れ」

尾上に促され、刑部は腰を下ろした。

「そなたに訊きたいことがある。みなの前で質問をするので、腹蔵なく答えてくれ」

尾上に言われると、

「なんだよ、改まって……ま、いいや。なんでも訊いてくれていいよ」

刑部は受け入れた。

「そなた、大内家の下屋敷で何を学んでおるのだ」

尾上が問いかけると、

「それがね……毎日、畑の草むしりをやらされたり薪割をやらされたり、掃除をさせられたり、と散々だよ。あれじゃや、何も身に付かない。ほんと、無駄足だよ」

刑部は笑った。

だが、言葉とは裏腹に何処か楽し気だ。

一同からも不満の声が上がる。

桜井が、

「まこと、そのような愚にもつかぬことをやらされているのですか」

「嘘じゃないさ。見てくれよ、この手」

ささくれだった両掌を刑部は翳した。

一同からどよめきが起きた。

「他に学んではおらぬのか」

尾上が問うと、

「学びはまだ先だ、と大内の大殿はおっしゃっているんだ。それでね、わたしは陶芸を習おうと思うんだ。格好のいい茶碗を沢山焼くよ。みなさんにもあげるから楽しみにして」

刑部はあっけらかんと答えた。

「そんなことをさせてどうするのだ」

桜井が言う。

すると刑部ではなく、

「大殿は刑部の性根を叩き直そうとなさっておられるのだろう」

尾上が答えた。

「そういうことかもね」

刑部も同調した。

桜井が、

「大内家の者から余計な詮索を受けたりはしませぬか」

「詮索なんかないな」

あっけらかんとした様子で刑部は否定した。

「尾上家や我らの学問について何も訊かれないのですか」

桜井は念を押した。

「全然、訊かれないよ」

けろっと刑部は答えた。

「うむ」

尾上は安堵のため息を吐いた。

「どうしたんだよ。そんなことを訊きたくて夜更けに呼んだのかい」

刑部は不満そうだ。

「いや、みな、そなたを案じておるのだ。大内家で何を学んでおるのだ、とな。何しろ、そなたは我らとは共に学ぼうとしないのだからな。我らのような武骨な者ではなく、大内家の下屋敷には見目麗しき娘たちがおって、それを目当てに通っておるのではないか、とみな、訝しんだのだぞ」

尾上が言うとみな声を上げて笑った。

「冗談じゃないさ、むさい男ばかり、やることは土や泥まみれの作業ばかりだよ」

刑部は嘆いた。

「そうか、ならば、通いたくはないか」

尾上が言うと、

「いや、ま、やることもないし、しばらくは通ってみるよ」

意外にも刑部は通い続けるつもりでいる。

「ほう、そうか。菊畑で娘どもと遊ばなくてもよいのか」

尾上は問いかけた。

「遊びたいけどさ、それはそれで楽しみにしてさ、しばらくは通ってみるよ」

刑部は言った。

「ならばそれでよい。どうやら、大内の大殿は本気でそなたを鍛えようとなさっておられるようだ」

尾上は認めた。

「大内の大殿、有難迷惑だけどさ、悪い人じゃないよ」

語る刑部は楽しそうだ。

それを見てみな、不安が去ったようだ。

「じゃあ、寝るよ。明日も朝が早いんだからね」

刑部は広間を立ち去った。

一同、安堵のため息を吐いた。

五

「他愛(たあい)もないことでしたな」

桜井の表情も和らいでいる。

「大内の大殿は寄場を作って無宿人どもの手に職を付けさせたり、やくざ者を更生させたりしておられる。それは満更、世間体を気にして、己が評判を高めるだけの所業ではなさそうだ。刑部のことも本気で鍛えようとなさっておられるのだろう」

尾上が言うと、

「まさしく、刑部殿が申されたように有難迷惑ですな」

桜井が刑部の言葉を蒸し返すと、一同から笑いが起きた。

「かりに、大内家が公儀の走狗となって我らの企てを探ろうとしておるのだとしても、刑部は何も知らぬ。刑部からはなんら得ることはない。まさか、大内家とて刑部を拷問して口を割らせようとはするまい。刑部のことだ。なまじ、我らの企てに首を突っ込んでおったら、鞭の一つも打たれればたちどころにあることないこと、白状しただろうが、無知ゆえ鞭も通じぬであろう」

軽口で尾上が締め括ると桜井たちも膝を打って笑い転げた。

藤間は書庫を出ると菊畑に向かった。

寒風吹きすさぶ中、夜露に濡れた菊の間を忍び足で進み、禁足の地へと向かう。月のない闇夜ながら夜目に慣れた藤間の目には闇にあっても菊や菊人形の陰影がくっきりと映っている。

木と木の間に注連縄が張ってあり、二間四方に細い棒が立っている。棒と棒の間を縄が渡され、立ち入りを禁じる旨が記された立札が立っている。

久六の聞き込みでは尾上はここに祠を建てる予定だとか。その準備のためか優美に咲いていたであろう菊は抜かれ、土がむき出しになっていた。

真ん中辺りの土が乱れている。他の土に霜が下りているのに対し、黒々とした土らしい色合いである。

亡骸が埋められているようだ。掘れば秋月が遭遇した娘の亡骸が見つかるのではないか。

周囲を見回すと小屋がある。菊畑を手入れする器具があるだろうと見当をつけ、藤間は引き戸を開けた。果たして、長鋏や鍬、鋤などがあった。

藤間は鋤を手に禁足の地に戻った。

縄を潜って中に入ると鋤を振るった。慣れた手つきで掘り返してゆく。身を切るような風に吹き曝されるが夢中で鋤を振るっているため、寒さを感じないどころか汗ばんできた。

掘り返された土は柔らかく、四半時も掘ると何かを感じた。藤間は鋤を脇に置き、屈み込むと手で土をかき分けた。着物の手触りがした。

やはり、娘が埋められている……。

と、確信した直後、現れたのは男物の着物であった。藤間は顔を確かめようと土をどかした。

髷からして町人の中年男だ。顔に残る土を払うと、

「為蔵……」

藤間は絶句した。

行方知れずとなっていた為蔵は尾上一派に殺されたのだ。茂吉は溺死だと装ったが為蔵も事故死ではさすがに不審がられると思い、殺して亡骸が見つからないよう尾上の屋敷に埋めたのだろう。

丸本にいた娘はどうなったのだろう。

二間四方の禁足の地に掘り返した跡はここだけだ。娘は埋められていない。娘は行方知れずのままである。

藤間は為蔵の亡骸に両手を合わせて冥福を祈ると、そっと土をかけた。

空が乳白色に染まってきた。夜明けが近い。藤間は土を鋤で均して足跡を消すと小屋に向かおうとした。

すると、桜井たちがやって来た。

徹夜で議論をしたのだろう。藤間は鋤を禁足の地に置き、忍び足で菊畑を抜け、尾上屋敷を後にした。

桜井たちは菊畑を歩き、禁足の地に到った。

桜井の目は鋤に釘付けとなった。

朝になり、平九郎は上屋敷で藤間から為蔵の亡骸が菊畑に葬られていたとの報告を受けた。脇に佐川もいる。

「とんだしくじりです」

藤間は落胆し、自分を責め立てた。

「悪いのは藤間さんじゃないよ。尾上一風斎と門人たちだ。さて、どうするか」

平九郎は思案をした。

「よし、踏み込もう」

佐川権十郎が勇んだ。

「いや、それでは強引に過ぎますよ。我ら、旗本屋敷に踏み込むことなんかできませんからね」

平九郎が危惧すると、

「平さんや大内家には頼まないさ。これは、あくまで公儀の問題だ」

佐川は言った。

「すると、佐川さん一人で尾上屋敷に乗り込むのですか」

平九郎は危ぶんだ。

「心配はいらない。いくらなんでもおれ一人では乗り込まない。若年寄別所長門守と共に立ち入るさ」

決意を込めて佐川は言った。

いつにない佐川の真剣さに、

「では、お任せします」

返してから平九郎はため息を吐いた。

「どうした、平さん。何かあるのか」

佐川は気が差すと、

「刑部殿です。刑部殿は尾上一派には加担しておりません」

「刑部を心配するとは平さんらしいな。刑部は無関係としても、尾上の弟であるからには無事では済まないな。物は考えようだ。堅苦しい陽明学者の弟という立場を失った方が身のためだろうよ」

佐川はさっぱりとしたものだ。

「刑部殿、近頃は何やら目の色が変わってきております」

平九郎は刑部の一生懸命さを語った。

「相国殿が鍛えた成果か」

刑部を見直したと佐川は言った。

「尾上に巻き込まれねばよいのですが」

平九郎は刑部の行く末を案じた。鼻持ちならない旗本の次男という印象が近頃では変化している。娘たちを巡るやり取り、下屋敷での働き振りで刑部の素直さに接した。それはとりもなおさず、刑部が邪悪な者ではないと物語っている。

娘たちと接するのも威圧的ではなく、それゆえ、彼女らから慕われているのだ。

その足で佐川は番町(ばんちょう)にある別所長門守の上屋敷に赴き、尾上屋敷の菊畑に為蔵の亡骸が埋められているのを報告した。

「でかした」

別所は手で膝を叩いた。

大内家の隠密藤間源四郎と岡っ引久六の手柄だと言いたかったが、話がややこしくなるので黙っていた。この手柄で加増(かぞう)や出世を受け入れるつもりはない。報奨金を貰ったら、久六と藤間に与えるつもりだ。

「ならば、捕方を向けましょう」

佐川が勧めると、

「目付の手を煩わせることはない。わが配下を連れて踏み込む。佐川、助太刀を頼む」

という別所の頼みを佐川は快諾した。

「善は急げですよ」

佐川に言われ、

「よし、昼九つ、尾上屋敷に踏み込むぞ」

別所は眦を決した。

「承知しました。では、支度をしてきますよ」

佐川は目を爛々(らんらん)と輝かせた。

六

昼九つ、佐川は尾上屋敷にやって来た。

宝蔵院流槍術の達人だけあって長柄(ながえ)の十文字鑓(じゅうもんじやり)を担いでいる。形もいつものど派手な小袖の着流しではなく、紺地無紋の小袖に裁着け袴を穿いていた。

別所が家臣を率いて待っていた。別所や侍たちは陣笠(じんがさ)を被り、やる気満々である。

長屋門の門番が驚きの顔でこちらを向いている。別所が用件を告げようとしたところで、脇の潜り戸から刑部が現れた。

「あれ……何、この騒ぎ」

刑部は素っ頓狂(すっとんきょう)な声を出した。

別所がいかめしい顔で用件を告げようとしたのを佐川は制し、

「あんた、尾上さんの弟だな」

と、問いかける。

「そうですよ。あなた方は」

刑部は困惑をしている。

佐川は別所に、

「丁度、菊畑の案内人と遭遇しましたぜ。こいつに案内させましょう。その方が穏便に済みそうだ」

佐川は無理やり尾上屋敷に踏み込んで門人たちと揉み合うよりもいいだろう、と言い、別所もそう判断した。

「どうしたの」

刑部は首を傾げた。

「菊畑があるだろう。そこへ案内して欲しいのだ」

佐川が頼むと、

「それはいいですけど、一体どうしたのですか。菊見物には見えませんよ」

刑部は危惧した。

「菊畑に探し物があるんだよ。断ったら、力ずくで踏み込むことになるぜ。そんなことはしたくない。どうだい、あんたが娘たちを連れて入る道筋から菊畑まで案内してくれないか」

佐川が重ねて頼むと、

「これから用向きがあるのですよ」

困った、と刑部は言った。

「大内家の下屋敷に行くのだろう」

佐川が返すと、

「よく知っているね……ま、いいや。そうなんですよ。大殿がおっかなくて、遅刻したら大目玉を食らうんだ……もう、昼だから遅刻確定なんだけど……まったく、昨晩寝入りばなを兄に起こされてしまって、明け方近くまで眠れなかったんですよ。そのまま起きていればよかったんだけど、寝てしまって」

刑部は拳で自分の頭を叩いた。

「大殿にはおれが説明してやるさ」

佐川が請け負うと、

「あんた、大殿を知っているのですか」

「ああ、よく知っている。さあ、案内してくれ」

佐川は促した。

刑部は屋敷の裏手に案内に立った。


裏門脇にやって来た。

刑部は裏門から入ろうとはせずに練塀にあるお地蔵の前に立った。両手を合わせてから刑部は地蔵を押した。地蔵はするりと後方に押された。

練塀との間に人が通れるほどの隙間ができた。

「どうぞ」

刑部は中に入った。

それから、

「ちょっと、無粋な男たちがぞろぞろと入って来られては興醒(きょうざ)めですよ。佐川さんと……偉そうな……」

　別所を見た。

「若年寄の別所長門守である」

　別所が名乗ると、

「若年寄さまですか。へ～え、そりゃ大したものですね」

　刑部は見返してから佐川と別所しか入るな、ときつく言った。

　別所は、

「承知した」

　と、何かあったら呼子(よびこ)を吹く、と家臣たちに告げ刑部に続く。佐川も後に従った。


「きれいでしょう」

　刑部は菊畑を見回した。

「なるほど、見事なもんだな」

　佐川が言うと、

「まこと」

　別所も大いに感心した。

気遣いを示すつもりか刑部はあれこれと菊畑について説明を加えたが、

「すまないが、禁足の地っていうのがあるのだろう」

佐川は話を遮った。

「困ったもんだね」

刑部はうなずき、佐川と別所を案内した。菊畑の奥に注連縄が張られた一帯がある。

その周辺は平らな地となっており、

「とても、遊び場に適しているんだけどね」

刑部は嘆いた。

「なるほどな」

と、佐川が足を踏み入れようとした時、

「何者だ！」

甲走った声が聞こえた。

「桜井さん、そんなに言葉を荒らげないでくださいよ」

刑部は桜井勝之進に語りかけた。

しかし、桜井は眦を決したまま佐川と別所を睨みつけた。

佐川と別所が各々素性を明かした。

若年寄だと知り、桜井は敬意を示したが、

「畏れながら、たとえ若年寄であろうと無断で屋敷に足を踏み入れてよいものではございませぬぞ」

たじろがず桜井は言い立てた。

別所が答える代わりに佐川が、

「それは百も承知のこと。だがな、聞き捨てにできない一件を耳にしたんだ」

「なんでござる」

桜井は挑戦的な眼差しである。

「こちらの屋敷に出入りし、尚且つ尾上一風斎殿の門人となった文殊屋常次郎を殺したのは尾上殿もしくは門人である、ということ。その一件を闇に葬るため、居酒屋の亭主為蔵、大工の茂吉を殺したってな」

「貴殿、世迷言(よまいごと)を申すか」

桜井は嘲笑(ちょうしょう)を放った。

雰囲気が悪くなったのを見て、刑部はそそくさと立ち去った。

「世迷言でも戯言(ざれごと)でもない」

佐川は語調を荒らげた。

「ならば、証はあるのだな」

桜井は言った。

「証はここに埋まっているさ」

佐川は禁足の地に視線を向けた。

「何が埋まっておるのだ」

「為蔵の亡骸だよ」

乾いた声で佐川は答えた。

「馬鹿なことを」

桜井は顔を歪めた。

そこへ、尾上がやって来た。桜井は一礼し、別所と佐川を紹介した。尾上は丁寧に挨拶をしてから、桜井は二人がここにいるわけを説明した。

「言いがかり同様の扱いです」

桜井は吐き捨てた。

対して尾上は冷静に、

「そのような疑いを抱かれるのは拙者の不徳の致すところでありますな。わかりました。ならば、掘り返しましょう」

と、言った。

たちまち桜井が、

「先生、そのようなことをする必要はありませぬ。大体、当邸に無断で足を踏み入れ、庭を掘るなどという所業は断じて許されるものではありませぬぞ」

厳しい顔で言い立てた。

「桜井さんの言う通りだ。だから、無理に掘ることはない。しかし、清廉潔白なら、むしろ自ら掘って、身の証を立てるんじゃないのかい」

佐川が問いかけたのに続いて、

「尾上殿、いかに」

別所は尾上に判断を委ねた。

尾上は躊躇うことなく、

「承知しました」

と、受け入れた。

「なら、掘るか」

佐川は腕をまくった。ところが、別所は制して、

「よい、配下の者に掘らせる。尾上殿、配下の者を呼んで構いませぬな」

するとお尾上が、

「それには及びませぬ。当家の奉公人どもに掘らせます。むろん、お二方の立ち会いの下で行わせます」

「よろしかろう」

別所は承知した。

佐川にも異存はない。

尾上は奉公人を呼び、禁足の地を掘るよう命じた。三人の奉公人が鋤や鍬を使って土を掘り起こし始めた。

三人は黙々と作業を続ける。

桜井は険しい表情で、尾上は淡々とした様子で作業を見守っている。佐川と別所は目を皿のようにして見入った。

佐川は嫌な予感が湧き上がった。

尾上は躊躇いもなく掘ることを許した。掘っても為蔵の亡骸なんぞない、と思っているのか。

一時程が過ぎ、かなりの穴が掘られたが、

「亡骸なんぞ見当たりませんぞ」

勝ち誇ったように桜井は言った。

佐川と別所は穴を見据えた。

「どうぞ、お調べくだされ」

尾上も余裕の表情である。佐川は雪駄を脱いで懐中に入れると鐺を持ったまま穴に飛び込んだ。

「退いてくれ」

佐川は奉公人を退かせ、鐺で穴の底を突き始めた。

素早く複数個所を突いたが感触はない。そして違和感を抱いた。

土が柔らかいのだ。

奉公人たちは実に楽々と掘っていたし、鐺の感触、踏みしめた感触ともに柔らかいのだ。これは、掘り起こされたことを意味する。

やられた……。

おそらくは、昨夜のうちに為蔵の亡骸を掘り起こし、別の所に秘匿したのだろう。

となると、いくら掘っても無駄だ。

佐川は穴から上がった。

「どうだ」

憎々しそうな顔で桜井が問いかけてきた。

「ないな」

悔しいが佐川は返した。

別所が天を見上げて絶句した。

桜井は、

「別所さま、これはいかなることでござりましょう。明らかな横暴、ありもしない罪をでっち上げ、尾上先生を貶める所業でありましょう」

口角泡を飛ばさんばかりに桜井は別所を責め立てた。

尾上が桜井を制し、

「先ほども申しましたが、そのような濡れ衣を着せられるとは拙者の不徳の致すところ。今後の行いにつき、厳に慎みたいと存じます。しかし、今回のこと、決して見過ごしにはできませぬ」

淡々とした口調の中に尾上は怒りを滲ませている。

「申し訳ござらぬ」

別所は真っ赤な顔で頭を下げた。

「謝ってすむことではない、と存じますがな」

桜井は言った。

「むろん、なんらかの」

別所はしどろもどろとなった。

「どうするのですか」

桜井は嵩にかかってきた。

別所は返事ができない。

尾上が、

「まあ、桜井、その辺にしておきなさい。別所さまとてお役目を果たそうとなされたのだ。拙者を断罪しようとしてのことではないぞ」

優しく窘めた。

桜井は口を閉ざした。

「ひとまず、帰ります、今回の無礼は改めて謝罪をしたいと存ずる」

別所は深々と尾上に頭を下げた。

佐川も詫びの言葉を述べ立てた。

這う這うの体で尾上屋敷を出た。

別所は恥辱と怒りにまみれ、佐川と口を利こうとしない。

集まった配下たちに訳も言わず、帰るよう命じた。

佐川が語りかけようとするのを避けるように別所は立ち去った。

「まいったな」

佐川は言った。

そこへ、

「佐川さん、どうだったのですか」

刑部が語りかけてきた。

第五章　善悪合一

一

「佐川さん、一緒に大内家の寄場まで行ってくださいよ」

刑部は言った。

「一人で行けよ」

佐川は為蔵の亡骸を見つけられなかった失態で頭の中は一杯である。

「そりゃないよ。あんたのせいで遅刻するのですよ。大殿は厳しいからね。佐川さん、親しいんでしょう」

刑部は言った。

「大殿とは懇意にしているが、刑部殿が遅刻するのはおれのせいじゃないぞ。あんた、昼まで寝ていたんだからな」

佐川に指摘されても、

「そりゃそうだけど、一緒に行ってくれるって約束したでしょう。武士に二言はなしですよ」

動ずることなく刑部は反論した。

遅刻は佐川の責任ではないが同道すると約束したのは事実だ。武士に二言はない、と言われては断れない。

「わかったよ」

佐川は応じた。

「そうこなくちゃ」

刑部は無邪気に喜んだ。

その様子を見ていると、刑部は尾上一風斎や同志と称する門人たちと無関係であるのは明白だ。従って、為蔵の亡骸について刑部が知っているとは思えないが何か参考になる話を聞けるかもしれない。


道々、為蔵の亡骸について問いかける。

「菊畑の禁足の地なんだが、あそこに亡骸が埋めてあるとおれは踏んだんだ」

ずばり佐川が語りかけると、

「そりゃ、怖すぎるね」

刑部は怖気を震ったが恐怖よりも興味深そうな様子である。

「あんた、何か気付かなかったか」

佐川の問いかけに、

「とにかく、兄からは近寄るなと厳しく言われただけだからな……祠を建てるんだって話だったから、それを信じていたんですよ」

刑部の言葉に嘘はなさそうだ。

「祠を建てるから足を踏み入れるな、とはもっともだな。あんたが疑わなかったのも無理はないさ。じゃあ、昨夜はどうだった。禁足の地で何か動きはなかったかい」

期待をせずに問いかけたところ、

「ありましたよ」

意外にも刑部は心当たりがあるようだ。

佐川は足を止め、詳しく話すよう頼んだ。佐川に合わせて刑部も立ち止まった。

「昨夜と言っても夜明け近くだけど、菊畑で桜井さんたちと兄が菊人形を作っていましたよ」

刑部は言った。

「菊人形だって……」

佐川はおやっとなった。

「寺坂吉右衛門ですよ」

刑部は言い添えた。

「寺坂吉右衛門というと赤穂義士の一人じゃないか。しかし、既に赤穂義士の菊人形は作ってあったぞ。寺坂吉右衛門の菊人形が壊れたから作り直したということか」

佐川は首を捻った。

右手を左右に振って刑部は答えた。

「知っているでしょう。寺坂吉右衛門は足軽の身分で、吉良邸討入り後に行方知れずになったから、赤穂義士には加えられないことがあるんですよ。兄も赤穂義士の菊人形を作った時には寺坂の人形は整えなかったんです。それなのに、寺坂を加えたんです。どうしてかな……」

刑部は思案を始めた。

「しかも、深夜に急いで作ったんだな。いかにも怪しいな。で、あんた、どうしてだと訊かなかったのか」

　つい、責めるような口調になってしまった。

「だって、眠かったしね、そんなことわざわざ訊いたら、桜井さんや兄から余計な小言を聞かされるだけですよ。本当に口うるさい人たちばかりなんだから。学問ばかりやっていると、理屈っぽくなって嫌ですね」

　刑部はぼやいた。

　刑部の渋面を見ながら佐川は菊人形を見た時の違和感を思い出した。

「そうか、為蔵の亡骸を菊人形に仕立てたんだ」

　思わず佐川は口に出した。

「ええ、本当！　あれは亡骸だったの……信じられない。恐ろしいな」

　刑部は驚いた後、

「兄は何をやっているんだ。亡骸を使って菊人形を作るなんて。罰当たりもいいところじゃないか。死者に失礼だし赤穂義士にも不遜だ」

　怒りを滾らせた。

　佐川がうなずくと刑部は続けた。

「佐川さん、兄は何をやろうとしているのですか。桜井さんたちと語らって悪企みをしているのですか……あの兄が。真面目一方ですよ。侍というよりは学者です。朝から晩までつまらない難しい書物を読んで、訳のわからないくだらない議論を戦わせている人ですよ。とても、悪いことなんか……する……ような人じゃない。悪いことなんかできない……それが、人を殺すなんて、そんな馬鹿な」

語るうちに刑部の口調は乱れた。

煙たい存在だが兄への信頼は厚いのだろう。その兄が人を殺し、自分の罪を隠蔽（いんぺい）までしたとは刑部には強い衝撃に違いない。

「兄上はなまじ真面目なだけに、自分の考えと同じ志を持つ者以外は目に入らないのだ。だから、自分が正しいと思ったことに賛同する者は有難いし、そんな連中となんの疑問も抱かずに己が信じる道を突き進んでしまうのさ」

佐川は励ますように刑部の肩をぽんと叩いた。刑部は真剣な眼差しを佐川に向けて訴えかけた。

「佐川さん、兄が桜井さんたちとどんな悪企みをしているのか知らないけど、絶対に止めてください。それに、人を殺したんだから、罪を償わせないといけませんよ」

刑部の唇はわなわなと震えている。

「それが、しくじったんだ。為蔵の亡骸が尾上殿たちの企みを阻止する決め手になると思ったんだがな……不始末をしてしまったゆえ、再び踏み込むわけにはいかん。それに、桜井たちはすぐに菊人形の為蔵は処分するだろうしな」

　反省するように佐川は拳で自分の頭を叩いた。

「何処に処分するんですか」

　刑部の問いかけに、

「さしずめ、禁足の地だろう。一度、掘り返したんだから二度と掘り返されない、と考えるんじゃないか」

「そうかもね」

　刑部も納得した。

「刑部さん、どうする」

　佐川は刑部を見返した。

「まず、兄が何をしようとしているのか知りたいですよ」

　刑部は言った。

「大規模な打ち壊しを扇動する気だ。尾上殿や桜井たちは世直しのつもりだから始末が悪い。学問もやり過ぎるとろくなことはないってわけだ。悪事も世直しの名目で正当化してしまうのだからな」

「兄も少しは遊んだ方がいいんだよ……しかし、このままじゃ、兄は由比正雪になってしまうんじゃないの」

怒りから刑部は尾上の身を心配するようになった。

「まさしく由比正雪だな」

佐川も同意した。

「そりゃ、困るよ。佐川さん、思い留まらせてくださいよ」

「おれの言うことなんかに耳を貸すわけがないだろう。あんたが止めろ。弟だろう」

「わたしの言うことだって聞きやしないよ。それに、企みは阻止したとしても、人殺しの罪は償わないといけないさ」

冷静に刑部は目を凝らした。

「それなら、協力してくれ」

改めて佐川は申し出た。

「協力したいけど、わたしに何ができると言うのですか。兄がのめり込んでいる陽明学なんかさっぱりわからないしさ、武芸もからっきしだし……ほんと、役に立たないことにかけちゃ誰にも負けないさ」

開き直ったように刑部は胸を張った。

「そんなことを自慢するな」

佐川は拳で刑部の額を軽く叩いた。

刑部はぺろりと舌を出してから、

「実際、わたしができることなんかありませんよ」

と、真顔で繰り返した。

「探って欲しいのは尾上たちが打ち壊しを実行する日時だ。それを探ってくれ」

佐川の頼みを受け、

「やってみるよ」

刑部は約束をした。

「ならば、急ぐぞ」

佐川は歩き出した。

「ちょっと、待ってくださいよ」

刑部は慌てて追いかけた。

下屋敷に着くと、

「なんじゃ、気楽と一緒か」

盛清はおやっとなってから刑部の遅刻を咎め始めた。小さくなっている刑部に代わって、

「まあ、これには事情があるのだ」

佐川は弁明しようとしたが、

「つべこべ言わず、そうじゃ、気楽も畑仕事をやれ」

盛清は聞く耳を持たず、作業を急かした。

「やれやれ」

佐川が肩をすくめたところへ平九郎がやって来た。

「清正、いいところに来た。おまえと、気楽で刑部を鍛えてやれ」

いきなり、盛清は命じた。

平九郎は佐川と刑部を見た。

佐川が、

「平さん、畑へ行くぞ」

と、刑部を伴い畑に向かった。

「しっかり耕せ！」

盛清の声を背中に聞きながら平九郎たちは畑に着いた。

「実はな」

佐川は尾上屋敷に踏み込んだ一件の一部始終を話した。

「それは、やられましたね」

平九郎は顔をしかめた。

「なに、これで終わったわけじゃないさ」

佐川は強気であった。

「その意気ですよ」

刑部も同意した。これには平九郎も驚いた。

「刑部殿はな、尾上一派の企みを潰すことに協力してくれるのだ」

佐川に言われ、

「ほう、そうですか」

平九郎は頼もしいと受け入れた。

「できることならやりますよ。わたしだって兄に由比正雪になって欲しくないですからね」

刑部は言った。

「そういやあ、刑部殿は相国殿に鍛えられたせいか、日々頼もしくなっているぞ」

佐川は平九郎に語りかけた。平九郎も同じ思いだ。

「草むしりや畑仕事、それに薪割なんか嫌で仕方がなかったんですけど、我慢して続けているうちに苦にならなくなり、近頃では楽しくなってきましたよ」

刑部は声を弾ませた。

「そりゃ、よかった」

心の底から平九郎は言った。

二

夕刻、刑部は屋敷に戻った。

菊畑を歩き、赤穂義士の菊人形を見て回った。寺坂吉右衛門がなくなっていた。

「やっぱり、為蔵って人の亡骸だったんだ……」

刑部は呟いた。

すると、兄への激しい感情が胸を突き上げた。

許せない……。

何も言わずにはいられなくなり、刑部は尾上に会いに書庫に足を向けた。

幸い、桜井たち同志という名の門人たちはおらず、書庫で尾上は一人残って書見をしていた。

「なんじゃ、珍しいな」

自分からここに来るとは意外だ、と尾上は書見台から視線を刑部に転じた。

刑部は尾上の前に座り、

「相変わらず、本ばっかり読んでいるね」

からかうかのように声をかけた。

「偶(たま)に来たと思ったら、邪魔をしに来たのか」

尾上はむっとした。

「そうじゃないよ。気になることがあるのだよ」

惚けた顔で刑部は言った。

「どうした」

尾上は冷めた口調で目を凝らした。

「寺坂吉右衛門の菊人形だよ。今朝、急に飾られたから喜んでいたんだ。わたしは寺坂も赤穂義士に加えるべきだと思っていたからね。ところが、さっき見たらなくなっていたんだ。どうしたんだろう」

刑部は首を傾げた。

「寺坂の菊人形など気にすることはない」

にべもなく刑部は返した。

「寺坂が足軽だからかい、討入りの後に逃げたからかい……でも、それなら慌てて作ることないじゃないか。それなのに、撤去してしまっている。兄上の考えがわからないよ」

おかしい、と刑部は問い詰めた。

「深くは考えないことだ。刑部、そなたに感心したぞ。赤穂義士に強い思いを抱いていたとはな。武士道、忠義に目覚めたとは大内の大殿に鍛えられた成果じゃな。そなたの努力、想像するに余りある。わしはうれしいぞ」

尾上は宥めた後に褒め上げた。

憤怒の感情が刑部の胸に湧き上がった。兄は自分を子ども扱いしているのだ。出来の悪い弟に期待せず、大人しくしていてくれればよい、と考えていたのだろう。叱責、小言ばかりではなく偶には誉めれば喜ぶと小馬鹿にしているのだ。

「兄上、誤魔化さないでくれ。寺坂吉右衛門の菊人形を作りながら撤去したのはどうしてなんだ」

刑部は言葉を荒らげた。

尾上はおやっとなり、

「反対されたのだ」

ぽつりと答えた。

「どういうことだい」

刑部は問いを重ねる。

「わしは寺坂も赤穂義士に加えるべきだと考えた。吉良邸討入り後の所業は逃亡ではなく、大石内蔵助の命を受け、討入りの経緯を義士の家族たちに伝えに行ったのだという説に同意するからだ。よって、菊人形に加えることにしたのだ」

静かに尾上は答えた。

「だったら、どうして撤去したんだ」

刑部は迫る。

「同志たちが反対したのだ」

渋面で尾上は返した。

「桜井さんたちが反対したの」

「そうだ。桜井たちは寺坂の行いは大石の命を受けてのことだったというのは偽りだ、恐くなって逃げたのだと強く反対した」

「でも、桜井さんたちも菊人形造りを手伝っていたじゃないか」

疑わしそうに刑部は問いを重ねる。

「当初は、わしの意向を汲んでくれて手伝ってはくれたのだが、改めて昼時に眺めているうちに桜井たち同志の間から不満の声が上がったのだ」

「日差しを受けて見ていると腹が立ったということ」

「そういうことだ」

「兄上は桜井さんたちに押し切られたってことだね」

蔑むような目を刑部はした。

「押し切られたのではない。我らは同志なのだ。考えをぶつけ合い、独りよがりではない結論に導かれるのは当然のことである」

尾上はむしろ誇るべきことだと胸を張った。

「物は言いようだね」

刑部は言った。尾上は怒ると思いきや、

「なんじゃや、今宵は馬鹿に突っかかるではないか」

と、微笑んだ。

「突っかかっているわけじゃないよ」

「大内の大殿に鍛えられ、心身共に逞しくなったのか」

　またも、尾上は盛清を持ち出した。

「そうかもしれないね」

　刑部は話を合わせた。

「ともかく、寺坂吉右衛門の菊人形には深い意味はない」

　尾上は念押しをした。

「わたしは残して欲しかったな」

　刑部はあくびを漏らした。

「明日も早いのだろう。さっさと寝ろ。わしも休む」

　尾上は話を切り上げた。

「そうだね」

　刑部は腰を上げた。


　書庫から出た刑部は菊畑に向かった。夜目に慣れるまでじっと佇む。赤穂義士の菊人形を見ているうちに、

「やっぱり、寺坂吉右衛門は赤穂義士だよな。そうに決まっているさ。寺坂を認めないのは間違いだ」

独り言ちると禁足の地に向かった。

立札の前で思案をした。

佐川の推測通り、ここに為蔵の亡骸が埋められているとすると、掘り起こせば殺しの決定的な証拠になる。町奉行所に訴えれば尾上一派の罪を糾弾できる。

いや、町奉行所ではなく大内家の上屋敷に駆け込もう。椿平九郎と佐川権十郎に任せよう。

殺しの罪状さえ明白になれば、火付けや打ち壊しの扇動(せんどう)を阻止できるのだ。親代わりとなって育ててくれた兄への恩は忘れないが悪の道に足を踏み入れたとあっては見過ごせない。

強い決意を胸に刑部は縄を潜って足を踏み入れた。

次いでそこでしゃがみ込む。土は思いの外に柔らかい。

「間違いない」

刑部は呟いた。

それから、小屋に入り、鋤を手にして禁足の地に戻った。

「やるぞ」

額に手拭を巻き、両手に唾をひっかけ、鋤を持ち上げた。それから、おもむろに土を掘り返してゆく。

「えっさ、こらさ」

小声で鼻歌を歌い、鋤を振るう。

以前なら、二度も振るうと腰砕けとなっていたものだが盛清に鍛えられ、軽やかな動きで掘り進めることができた。

「大内の大殿に感謝だな」

刑部は呟いた。

しばらく掘り進めると何かに当たった。

「やっぱりか」

刑部は鋤を脇に置き、土に屈んだ。それから犬のように土をかき分ける。

着物が出て来た。

刑部はその上を慎重な手つきで土を払う。亡骸に間違いない。顔に当たる部分の土を払い除けると男であった。

「ひどいな」

刑部は肩で息をした。

そこへ、

「刑部」

と、尾上が声をかけてきた。

刑部はびくっとなって立ち上がった。

「そなた、何をしておる」

尾上は鋭い声を発した。

「何をするも何も宝物を掘っているわけじゃないさ。兄上、この亡骸は何だよ」

刑部は怒りを嚙み殺して問いかけた。

「黙れ！」

「黙るはずないよ。兄上、人を殺したんだね。それとも、桜井さんたちにやらせたのかい。どちらにしてもひどいじゃないか」

冷静になれ、と刑部は自分を窘めたが動揺は抑えられず声が上ずった。

そんな刑部をいなすように、

「そのうち、わかる」

尾上は事もなげに返した。

「馬鹿なことを言うなよ！」

つい、大きな声が出た。

「そなたにはわからない……大事の前の小事なのだ」

冷然と刑部は言い放った。

「人殺しが小事なものか」

刑部は声を荒らげた。

しばし、尾上は口を閉ざしていたが、

「そなた、わかってくれ」

と、悲し気な顔で訴えた。

「だから、わからないよ。じゃあ、話してくれよ。大事ってなんだい。人の命よりも大切なことなのかい」

刑部は目頭が熱くなり、尾上の顔が涙で滲んだ。

「話す。但し、明日以降だ」

尾上は話を切り上げようとした。

「わたしは眠くないよ」

「これから大事があるのだ」

尾上の語調が強まった。

涙を指で拭い、刑部は問い質した。

「まさか火付けかい……打ち壊しを煽り立てるのかい」

刑部に指摘をされ、

「おまえ、どうして……大内家で耳にしたのか」

尾上は刑部との間合いを詰めた。

それには答えず、

「兄上、世直しだかなんだか知らないけどさ、打ち壊しをやったり、火付けまでをしたりそんなことをしたら大勢の人が死んでしまうよ。やめなきゃいけないよ」

必死の形相で刑部は説得にかかった。

「そなたを説き伏せる暇はない。大事決行の後に詳しく話す。そなたもきっとわかってくれる」

「わからないよ。兄上、わたしは見損なった。このまま奉行所に行こう。一緒に罪を償おうではないですか」

刑部は尾上の腕を摑んだ。

それを尾上は払い除け、

「聞き分けのないことを申すな。奉行所になんぞ行くものか。そんなことをしたら同志を裏切ることになる。わしは、同志を裏切るわけにはいかぬ」

尾上は鋭い声で拒絶した。

「裏切りが正しいこともあるよ。今回のことは絶対に間違っているのです。だから、裏切りは正しい行いです」

断固として刑部は主張した。

「できぬ」

刑部から顔をそむけ尾上は拒んだ。

「じゃあ、わたし一人で行く。それとも、わたしを斬るかい」

刑部は尾上の正面に立った。

尾上は悲し気な目で刑部を見返す。

「さあ、斬ってくれよ」

刑部は両手を広げた。

「愚か者め」

尾上は呟くと大刀を抜き放った。刑部の目が恐怖に彩られた。

「覚悟！」

尾上は大刀を振り下ろした。

三

藤間源四郎は黒装束に身を包み、尾上屋敷に忍び込んだ。平九郎から為蔵の亡骸が菊人形に擬せられたのを聞き、居ても立ってもいられなくなった。

寺坂吉右衛門の菊人形が為蔵の亡骸なのか、この目で確かめ、尾上たちが移す前に尾上屋敷の何処かに埋めてやろう。その上でもう一度尾上屋敷に踏み込むのだ。

意地となっているのかもしれないが、藤間は再び尾上屋敷に潜入したのである。

足音を忍ばせ、菊畑にやって来た。

すると、人の声が聞こえる。

赤穂義士の菊人形の間に身を隠し、目を凝らした。

禁足の地に尾上と刑部が立っている。二人は言い争っていた。禁足の地は掘り返されている。

刑部は尾上を責め立てていた。

為蔵の亡骸は菊人形から再び禁足の地に埋められ、刑部が見つけたようだ。

刑部を助けよう。

菊人形の間から出ようとしたところで、

「覚悟！」

甲走った声と共に尾上が抜刀した。

おぼろな寒月の光に白刃が煌めいた。

しまった……。

藤間は足を止めた。

刑部は声すら上げられない。

と、大刀が刑部の肩先に達する寸前、尾上は峰を返した。

刑部は首筋を峰打ちにされ、膝から頽(くずお)れた。それを見届け、尾上は納刀すると刑部の傍らに屈んだ。

次いで、刑部を担ぎ上げ歩き出した。

藤間は腰の長脇差の柄に右手を添えた。菊人形の間から飛び出し、尾上を倒そう。

すると、どやどやと足音が近づいてきた。

「来たか」

尾上は呟くと刑部を肩に担いだまま小屋に入った。

桜井たちがやって来た。

十五人だ。

彼らは火事羽織に裁着け袴を穿き額には鉢金(はちがね)を施している。

桜井は菊畑を見回した。尾上を探しているのだろう。やがて、小屋から尾上が出て来た。

「先生、いよいよですな」

桜井が語りかけた。

尾上は桜井たちに視線を這わせてから、

「五人がまだのようだな」

と、不満そうに言った。

「支度に手間取っておるようです。それに、集合は夜九つですからな」

桜井は返した。

「ああ、そうであったな。すまぬ、わしとしたことが焦っておるようだ。すると、まだ二時もある。そなたら……」

尾上は桜井たちが早くやって来た訳が気になるようだ。

「これは失礼しました。我ら、義挙の前に先生から陽明学の講義を受けたいと思ったのです。勝手ながら、気持ちを高めるためにも講義をお願い致します」

桜井が申し出ると、

「そういうことなら、喜んで講義をしようではないか」

尾上も気分を高揚させた。

「では、書庫へ」

桜井たちは尾上と共に書庫へ向かった。


彼らが去ったのを見定め、藤間は菊人形の間から出ると小屋に駆け寄った。引き戸を開けると刑部が転がっている。荒縄で後ろ手に縛られ、更に胴と足をぐるぐる巻きにされていた。

「殺すのかい。それなら自分の手で殺せ、と兄に言ってくれ！」

刑部は声を荒らげた。

「静かに……刑部殿を殺めに来たのではない。助けにまいった」

藤間は言うや長脇差を抜き、刑部の側に身を屈め、縄を切った。

「す、すまない……あ、いや、ありがとう」

事情がわからず、刑部は戸惑っている。

「大内家の者です。これから、大内藩邸に行きましょう」

藤間は名乗った。

「わかったよ」

刑部は縛られて血の巡りが悪くなった手首や足首を揉み始めた。

「さあ、急ぎましょう」

藤間が促すと刑部は立ち上がった。

「大内家の上屋敷に匿ってもらうだけじゃ駄目ですね。兄たちを止めなければ」

刑部の決意は揺るがない。

「わかりました。椿殿と協議をしましょう」

藤間は刑部に肩を貸そうとした。

「大丈夫ですよ。これからは、兄や誰にも頼らず自分の足で歩かなきゃいけませんからね」

刑部は言った。

藤間は笑顔を返した。

四

平九郎と佐川は大内家上屋敷の用部屋にいた。

「刑部を巻き込むんじゃなかったな」

佐川は後悔のため息を吐いた。

「刑部殿の手助けなくしては尾上一派の企てを阻止できません」

「文殊屋常次郎は若年寄の別所に尾上たちが事を起こすのは今月だと言ったそうだが、いつだろうな。まさか、真昼間に火付けなんかできないだろうから夜だろうが……ひょっとして今夜でもおかしくはないか」

思案が定まらず佐川は首を捻った。

「それと、尾上の企みなんですがね、公儀の御蔵に火を付け、貯蔵米を灰にし、米価を吊り上げる、すると、米が買えなくなる者が巷に溢れ、江戸中に憤怒の声が満ち溢れ、安永の頃のような打ち壊しが起きる、尾上たちは打ち壊しを煽り、公儀の政道を批難する。そして、幕閣で尾上に共鳴する者が老中や若年寄となり、尾上を侍講とする」

改めて平九郎は尾上一風斎が描く世直し計画を述べ立てた。

「まったく、奇想天外というか机の上だけで考えた世直しだ。いかにも学者らしいぜ」

佐川は尾上をくさした。

「夢物語としか思えませんが、尾上殿や同志のみなさんには陽明学が掲げる知行合一に適った行いなのでは……」

答えながらも平九郎の胸にももやもやとした気持ちが漂った。それに追い討ちをかけるように、

「おれは無学ゆえ陽明学も知行合一もわからないが、少なくとも尾上の企ては杜撰に過ぎるぞ」

佐川が疑問を呈した。

「書庫の様子は実に整然としており、尾上の几帳面さを窺わせております。そんな尾上にしてはいかにも成行き任せの企てですね。尾上の同志は二十人、二十人で米蔵に火を放ち全焼させるなどできましょうか……。風向き次第では丸焼けになるとして、米の値は吊り上がるでしょう。しかし、安永の頃のような打ち壊し騒動が起き、幕閣の責任問題にまで発展し、尾上を贔屓とする老中、若年寄が誕生する——果たして実

現できましょうか。自分たちが行うのは米蔵に火を付けるだけ、あとは成行きというか運任せです」

おかしいという言葉を平九郎は繰り返した。

佐川も同意し、

「米蔵の火付けにしたって目論見通りいくかわかったもんじゃないぜ。火事が多い時節、火盗改は助役が設けられるからな。町奉行所は火の用心の夜回りを各町内に行わせている。米蔵を全焼させるのは骨だぜ」

やはり、おかしいと疑念を深めた。

神無月から弥生の半年間、幕府は火盗改の御頭を増やす。本役とは別に助役を置き、更に増役といって本役と助役を助けるために臨時で設けられることがある。

若年寄別所長門守が佐川を火盗改の御頭に就けようとしたのは、増役としてであった。

佐川は疑問を続けた。

「平さん、浅草にある公儀の米蔵はいくつあるか知っているかい」

「さあ……三十くらいですか」

当てずっぽで答えると、

「おれも正確には知らないが、六十くらいだな」

佐川は返した。

「六十の米蔵ですか、それは凄いですね。天領から収穫した年貢米が集められるのですから、なるほど六十もの蔵が建っている訳ですね」

「米蔵の他に役人が詰めている建屋が三百戸余りあるんだ。そんな大きな米蔵を丸焼けにできるものか、そもそも、できると真面目に考えるものか」

佐川は腕を組んだ。

「すると、尾上の企ては米蔵に火を付けることではないのかもしれませんね」

平九郎は五里霧中を彷徨(さまよ)う心持となった。

「確かなのは、尾上一派が悪企みをしていて、実行に移すということだ。奴らに言わせると世直しだがな」

今更、迷っている場合じゃないな、と佐川は言い添えた。

藤間と刑部は菊畑から逃げ出そうとした。そこへ、桜井勝之進と持田与兵衛、大下喜三郎がやって来た。慌てて藤間と刑部は菊人形の間に隠れた。

「今夜は冷えるな」

桜井の息が白く流れ消えた。

「もう、辛抱たまらん」

持田は手で下腹部を押さえた。大下が、

「ここでやるか」

と、厠まで耐えられないと言い、菊畑で小用を始めた。桜井と持田もそれに倣う。

「それにしても、尾上先生、実にお人柄が素直だな」

持田が言うと、

「それゆえ、我らのことを信用してくださり、企てに乗ってくれた」

大下が返した。

「先生、まさか、我らの真の狙いは米蔵ではなく、蔵前の札差とは夢にも思われまい。先生や同志たちに米蔵に火を付けさせ、混乱に乗じて我らは札差を襲ってたっぷりと金品を奪うぞ。あとは、江戸からおさらばだ。我ら小禄で無役、旗本なんぞに未練はない」

桜井は愉快そうに笑った。

札差とは幕府の米蔵近くに店を構え、旗本、御家人に支給される米を受け取って売買する者たちだ。彼らは米の売買の手数料の他、金貸しで莫大な利を得ている。

「真面目一方の尾上先生や同志を欺くのは気が咎めるな」

という持田の言葉に、

「敵を欺くには味方から、だ」

悪びれもせず桜井は言い募った。

「違いない。大体、安永の頃のような打ち壊し騒動が起きるとか幕閣に尾上先生に共鳴する方々が居る、おまけに先生を新井白石のような侍講に迎えるなどという夢物語を信じるのは愚かなのだ」

大下は尾上を批難した。

「学問は優れていても、童（わらべ）のような心根なのだ。弟と変わりはないな」

桜井も尾上をくさしてから三人は書庫へと戻って行った。

「おのれ……」

刑部は怒りでわなわなと震えた。

「これで、桜井たちの魂胆がはっきりとしました。奴らの企てを知れば、尾上先生は思い留まってくださるでしょう」

励ますように藤間は言った。

刑部は唇を嚙み締めた。

「急ぎましょう。尾上先生たちが米蔵に向かう前に止めなければなりません」

藤間に促され、刑部は歩き始めた。


藤間が刑部を伴って上屋敷にやって来た。直ちに平九郎は佐川と共に用部屋で応対した。興奮気味の刑部の代わりに藤間が尾上屋敷で見聞きした経緯を語った。

まっさきに佐川が反応した。

「やっぱりな。いかにもありそうなからくりだぜ。尾上は桜井たちにまんまと利用されたんだ……いや、まだ火付けをしていないから、利用されようとしているということだ」

平九郎は刑部に語りかけた。

「今なら、尾上先生を助けられます」

「よし、これから乗り込むぜ」

迷わず佐川が言った。

「異論ありませぬが、御家老に話を通しておきます」

平九郎が返すと、

「のっぺらぼう殿、承知をしてくれるかな。何しろ、旗本屋敷に踏み込むんだからな。

おれはお咎めを受けても構わないが、大内家はそういうわけにはいかんだろう」

　佐川は危惧をした。

「しかし、事は急を要します。御家老が承知しなければ、わたしは無断で尾上屋敷に踏み込み、いかなる処罰も受けます」

　平九郎は決意を示した。ふと、秋月にも声をかけるべきか迷った。秋月を誘えば応じるどころか勇み立つだろうが、気持ちが空回りをして暴走しかねない。秋月には黙っていよう。

　責任は自分が負えばいい。

　すると刑部が、

「わたしが呼んだお客として屋敷に入ればいいのですよ。もちろん、わたしも同道します」

　と、申し出た。

「そりゃ名案だ」

　佐川が受け入れ、平九郎も刑部の好意に甘えると承知して用部屋を出て行こうとした。

「平さん、すまないが、腹が減っては、戦はできぬ、だ。握り飯でも用意してくれ」

佐川の頼みを受け、

「これは、気が付きませんで」

平九郎は用部屋を出た。

江戸家老兼留守居役、矢代清蔵に面談し、尾上屋敷に乗り込む旨、許しを求めた。

「刑部殿の好意を受け、わたしと佐川さんで尾上屋敷に乗り込みます」

「承知した」

意外にも矢代はあっさりと承知した。

平九郎がおやっとなると、

「止めても行くだろう」

矢代は無表情で返した。

平九郎は頭を下げてから、

「殿には……」

おずおずと問いかけた。

「殿はお休みになっておられる」

答えてから矢代は、責任は自分が負うと請け合ってくれた。

平九郎は感謝の言葉を残し辞去した。

「生きて戻れ」

矢代の声が背中から聞こえた。

五

平九郎と佐川は刑部の案内で尾上屋敷にやって来た。

二人は紺地無紋の小袖に裁着け袴を穿き、平九郎は腰に大小を佐川は長柄の十文字鑓を担いでいる。

別所長門守義昌と踏み込んだ際に案内された裏門近くの地蔵を押して生じた隙間から屋敷内に入った。

そこから真っすぐに書庫に向かった。

書庫の玄関に着いたところで刑部が先頭に立った。

玄関を入り、廊下を進む刑部の背中が平九郎の目には逞しく映った。奥に進むと話し声が聞こえる。酔っているかのような高揚した声音であった。

広間に入った。

「刑部……」

尾上は驚きの顔で刑部を見つめ、すぐに平九郎と佐川に気付いた。桜井たちが色めき立った。

「こんな夜更けに何用ですかな」

尾上は努めて冷静に問いかけてきた。平九郎が答えた。

「無礼を承知でまいりました。尾上先生、公儀の米蔵に火を付けるなど、おやめください。茂吉と為蔵を殺した罪を償ってください」

桜井が立ち上がった。

「出て行け！　我らの義挙、世直しを邪魔致すな」

目を血走らせた桜井に持田と大下が加わり、平九郎と佐川に罵声を浴びせた。他の者たちも批難の声を上げる。

騒然とする中、

「黙れ！」

刑部が大声を張り上げた。

なよなよとした刑部しか知らない桜井たちは意外な面持ちで口を閉ざした。

刑部は続けた。

「桜井さん、あんた世直しなんて言っているけど、ちゃんちゃらおかしいよ。だって、そんな気なんかないんでしょう。あんたや持田さん、大下さんは兄を担いで米蔵に火付けをするふりをして蔵前の札差に押し入るんでしょう。沢山の金やお宝を奪って江戸から出て行くんでしょう。三人仲良く連れ小便しながら話しているの聞いたもんね」

一同がざわめいた。

尾上は腰を上げ、桜井を睨んだ。

桜井は刑部に視線を向け、

「さては刑部殿、この者どもにたぶらかされましたな」

と、冷笑を浮かべた。

ついで、一同を見回し、

「みな、この二人は我らの世直しを阻もうとする者。まずは、こ奴らを血祭りにあげ、世直しの一歩と致そうぞ」

門人たちを煽った。

持田と大下は真っ先に刀を抜いた。

「神聖な書庫を奸物（かんぶつ）の血で穢してはならぬ。表で斬る」

桜井は持田と大下と共に平九郎と佐川に刃を向けた。

「よし、相手になってやる」

佐川は廊下に飛び出した。平九郎も続く。横目に、茫然（ぼうぜん）となって立ち尽くす尾上一風斎が映った。


菊畑にやって来た。

周囲は篝火（かがりび）が焚かれ、菊や菊人形の群れを照らしている。

身を切るような風が吹きすさび、霜が下りた土を踏むときゅっと鳴った。

「謀反人（むほんにん）め」

佐川は高らかに叫ぶと桜井の脇にいた侍の顔面を鐺の柄で殴りつけた。侍は鼻血を迸（ほとばし）らせ口を半開きにしたまま地べたに倒れた。

桜井の顔がどす黒く歪んだ。

「おのれ、許さん」

憤怒の形相で桜井は喚（わめ）き立てる。

「こっちこそ許さねえぜ」

佐川は轟然（ごうぜん）と言い放った。

「奸物らを成敗しろ」

桜井は門人たちをけしかけた。

佐川は桜井に向かった。

桜井は背後に退き、

「かかれ、殺せ」

と、命じた。

侍たちは佐川を囲んだ。

佐川は腰を落とし、鐺を頭上でくるくると回した。

そこへ石礫が飛んで来た。

石礫は次々と侍たちに飛来する。彼らは顔面を石礫で直撃され、算を乱した。

石礫が飛んでくる方角を見ると小屋の中に刑部が立っていた。刑部は佐川と目が合うとにっこり微笑んだ。

「悪党、食らえ」

佐川は鐺の柄で侍たちの脛を払い、顔面を殴りつけ、石突で鳩尾を突く。たちまちにして、敵は地べたに這いつくばった。

遠巻きに佐川と同志の争いを見ていた者たちに、

「桜井に従って悪事を働くのか。書庫でも言ったが、桜井、持田、大下の三人は尾上先生を利用し、金品を強奪しようとしているんだ、世直しなど絵に描いた餅だぞ。さあ、どうする。思い留まるか。今なら間に合うぜ！」

佐川は大音声で告げた。

侍たちはたじろぎ、お互いの顔を見合わせた。

そこへ、尾上がやって来た。

「みな、刀を引け、でないと、我ら謀反人となる」

尾上はこの通りだ、と地べたに正座をし、両手をついた。

侍たちは刀を捨てた。

「馬鹿者！」

不意に桜井が佐川を襲った。

平九郎が二人の間に割り込み、桜井の刃を大刀で受け止めた。

桜井は平九郎と対峙した。

平九郎は懐に入り込もうと桜井の動きを見定める。しかし、桜井は平九郎の思惑を察知し、後方に飛び退くと同時に大上段から大刀を振り下ろす。

それを避けるのが精一杯だ。

桜井は八双に構え直し、平九郎を寄せ付けない。三間以上の間合いを取り静かに立つ。寸分の隙も見せないその構えは桜井の武芸者ぶりを実感させた。

平九郎はやにわに土を蹴飛ばし、同時に突っ込んだ。だが、その動きも桜井は承知のようだ。桜井は平九郎の脇腹を襲う。

平九郎は身を屈め、素早く桜井の懐に入り大刀を突き出す。桜井はこれもかわす。と、すぐに桜井は反撃に転じた。突いたり横に払ったり、下段からすり上げたりと大刀を自在に操る。

大刀は桜井の身体の一部と化していた。

平九郎はじりじりと後退し、赤穂義士の菊人形の群れに到った。

桜井は激しい動きにもかかわらず、息はまったく乱れていない。

それどころか余裕の笑みさえ浮かべていた。

と、桜井は予想外の動きに出た。

菊人形の間に駆け込もうとしたのだ。

そうはさせじ、と平九郎が立ちはだかる。

桜井は平九郎に斬り込んで来た。平九郎は応じようとしたが、桜井は刃を交えることなく菊人形の間に逃げ込んだ。

追いかけようとすると、持田と大下が左右から迫る。今度は平九郎が菊人形の間に飛び込んだ。

持田と大下が追いかけて来る。

と、人形と人形の間から桜井が突きを仕掛けてきた。

すかさず、平九郎はしゃがんだ。

頭上を刃がかすめ、桜井は勢いが余って前につんのめり菊人形にぶち当たり、人形と共に前のめりに倒れた。

平九郎が立ち上がったところで持田が間合いを詰めて来た。

平九郎は大刀を大上段から斬り下げた。持田はしっかりと刃で受け止め、鍔迫り合いとなった。

そこへ、背後から大下が襲って来る。

平九郎は持田と体を入れ替えた。

大下の刃が持田の肩を斬った。

持田は悲鳴を上げ、跪く。

味方を斬って大下は狼狽え、大刀をめったやたらと振り回す。刃は菊人形を傷つけた。

「赤穂義士に無礼だぞ！」

平九郎は怒声を浴びせた。

すると、異臭がする。

足元を見ると油が流れ込んできた。屈んでいた持田が弾かれたように立ち上がり、脱兎(だっと)の勢いで飛び出した。大下も悲鳴を上げながら続く。

愚図愚図していては菊人形と共に焼かれてしまう。

平九郎は駆け出した。

ところが、平九郎の前に菊人形が倒された。避けようとするが次々と菊人形は倒れ、先に進めない。

三体の菊人形が積み重なり、壁となって前途を阻んだ。

周囲を見回すと一体の菊人形が横たわっている。火事羽織には、「大石内蔵助」の名が記してあった。

「大石殿、御免！」

平九郎は大石内蔵助を擬した菊人形を踏み台に飛び上がり、三体の菊人形を飛び越え、人形の群れから外に出た。

桜井を真ん中に右に持田、左に大下が立っていた。持田は右肩を負傷したため、大刀を杖代わりにして身体を支えている。

細身で長身の桜井、肥満した大下、五尺そこそこの短軀の持田が横並びになっている様は凹凸(おうとつ)がくっきりとし、場違いなおかしさを誘う。

もちろん、笑っている場合ではない。

桜井は右手に松明(たいまつ)を持っているのだ。

平九郎はゆっくりと大刀の切っ先で八の字を描き始めた。三人はおやっとなり、動かなくなった。

八の字に大刀を動かしながら平九郎は表情を柔らかにした。つきたての餅のような白い肌が薄っすらと赤らみ、紅を差したような唇が艶めく。

三人の目がとろんとなり、強張った表情が和らいでゆく。

今、彼らの眼前には緑豊かな山々が連なり、滝の音が聞こえている。紺碧(こんぺき)の空を燕(つばめ)が飛び交い、子供たちの笑い声が響き渡った。

平九郎への闘志が冷めそうになったところで、桜井が強く首を左右に振った。

我に返ると、桜井は松明を平九郎目がけて投げつけようとした。

が、眼前にいるはずの平九郎の姿がない。

「横手神道流(しんとうりゅう)、必殺剣 朧月(ひっさつけんおぼろづき)」

桜井の背後で平九郎は静かに告げた。

桜井が振り向くや、平九郎は首筋に峰打ちを食らわせた。

桜井は仰向けに昏倒(こんとう)した。

手から転がった松明の火を平九郎は足で踏んで消した。

呆けた顔のままの大下と持田の首筋にも平九郎は峰打ちを放った。


刑部と尾上が近づいて来た。

尾上は憔悴し、

「この上はいかなる裁きも受けます」

と、平九郎と佐川に告げた。

「茂吉と為蔵、そして北町同心江藤幸太郎殺し、尾上殿の指図ですか」

平九郎が問いかけると、尾上は力なく首を左右に振ったが、

「桜井と持田、大下らの行いですがわしは黙認をしました。罪は免(まぬが)れませぬ」

尾上は静かに返した。

刑部は黙ってうなずいた。

「となりますと、気になるのは花簪の娘ですな。行方がわかりませぬ。まるで秋月慶

五郎の見た夢か幻のようです」

平九郎は夜空を見上げた。

するとと刑部が、

「ごめんなさい。黙っていました」

と、平九郎に詫びた。

「娘をご存じなのですか」

平九郎が問い直すと、

「あの娘は、わたしだったんですよ」

刑部は懐中から菊の花簪を取り出すと髷に挿した。

平九郎と佐川は驚きの声を上げた。

「娘になりたくて、時折娘の格好で夜歩きをしていたんです。そんなこと、表沙汰になったら、高名な陽明学者尾上一風斎の名は地に堕ちるから兄にきつく咎められました」

刑部は肩をすくめた。

その時、桜井と持田、大下が起き上がった。尾上が彼らを睨んだ。桜井たちは菊人形の群れに逃げ込んだ。

「許さぬ！」

声を嗄らし尾上は彼らを追いかけた。

「兄上……」

刑部が叫んだ。

尾上は篝火の入った籠を持ち上げ、菊人形の群れの中に飛び込んだ。

たちまちにして油に引火し火柱が立ち上った。

炎と共に桜井たちの悲鳴が夜空を焦がした。そこに刑部の慟哭が重なった。


尾上家は改易となり、門人たちは謹慎処分となった。刑部は大内家の寄場で陶芸を習っている。必ず、一人前の陶芸家になると意気込んでいた。

平九郎は矢代に呼び出された。

用部屋で向き合った平九郎に、

「わしは留守居役を辞する。これからは、そなたが名実ともに大内家留守居役として公儀や他の大名家との折衝に当たるのだ。むろん、加増もされる」

淡々と告げた。

「御家老、お身体が悪いのですか」

平九郎は出世や加増よりも矢代の身を心配した。

「何処も悪くはない」

「ならば、お続けになればよろしいのではありませぬか。まだまだわたしは未熟です。色々とお教えを請わねばなりませぬ」

「そなたはやれる。わしの助けは要らぬ。殿も大殿もご承知くださった」

矢代は静かにうなずいた。

次いで、

「覚悟を決めよ」

と、目を凝らした。

未熟という言い訳、逃げを打ってはならない、という思いに駆られた。

「謹（つつし）んでお受け致します」

平九郎は両手をついた。

「よし」

矢代に返され平九郎は面（おもて）を上げた。

矢代は満面の笑みをたたえていた。好々爺然（こうこうやぜん）とした別人である。初めて見るのっぺらぼうこと矢代清蔵の笑顔であった。

時代小説

二見時代小説文庫

阻止せよ！ 悪の世直し 椿平九郎 留守居秘録10

二〇二三年 十二月 二十五日 初版発行

著者 早見 俊

発行所 株式会社 二見書房
〒一〇一-八四〇五
東京都千代田区神田三崎町二-一八-一一
電話 〇三-三五一五-二三一一 [営業]
〇三-三五一五-二三一三 [編集]
振替 〇〇一七〇-四-二六三九

印刷 株式会社 堀内印刷所
製本 株式会社 村上製本所

落丁・乱丁本はお取り替えいたします。定価は、カバーに表示してあります。
 ISBN978-4-576-23138-9
https://www.futami.co.jp/

早見俊

椿平九郎 留守居秘録

シリーズ

以下続刊

①逆転！評定所
②成敗！黄金（きん）の大黒
③陰謀！無礼討ち
④疑惑！仇討ち本懐
⑤逃亡！真実一路
⑥打倒！御家乗っ取り
⑦暴け！闇老中の陰謀
⑧宿願！御家再興
⑨守れ！台所と無宿人
⑩阻止せよ！悪の世直し

出羽横手藩十万石の大内山城守盛義は野駆けに出た向島の百姓家できりたんぽ鍋を味わっていた。鍋を作っているのは馬廻りの一人、椿平九郎義正、二十七歳。そこへ、浅草の見世物小屋に運ばれる途中の虎が逃げ出し、飛び込んできた。平九郎は獰猛な虎に秘剣朧月（おぼろづき）をもって立ち向かい、さらに十人程の野盗らが襲ってくるのを撃退。これが家老の耳に入り……。

二見時代小説文庫

藤 水名子

古来稀なる大目付

シリーズ

以下続刊

①まむしの末裔（まつえい）
②偽りの貌
③たわけ大名
④行者と姫君
⑤獵鷹（りょうよう）の眼
⑥知られざる敵
⑦公方天誅（てんちゅう）
⑧伊賀者始末
⑨無敵の別式女（べっしきめ）
⑩第二のお庭番

「大目付になれ」──将軍吉宗の突然の下命に、一瞬声を失う松波三郎兵衛正春だった。蝮（まむし）と綽名された戦国の梟雄・斎藤道三の末裔といわれるが、見た目は若くもすでに古稀を過ぎた身である。「悪くはないな」──冥土まであと何里の今、三郎兵衛が性根を据え最後の勤めとばかり、大名たちの不正に立ち向かっていく。痛快時代小説！

牧 秀彦

北町の爺様 シリーズ

以下続刊

①北町の爺様1 隠密廻同心
②北町の爺様2 老同心の熱血
③北町の爺様3 友情違えまじ
④北町の爺様4 老いても現役

隠密廻同心は町奉行から直に指示を受ける将軍にとっての御庭番のような御役目。隠密廻は廻方で定廻と臨時廻を勤め上げ、年季が入った後に任される御役である。定廻は三十から四十、五十でようやく臨時廻、その上の隠密廻は六十を過ぎねば務まらない。北町奉行所の八森十蔵と和田壮平の二人は共に白髪頭の老練な腕っこき。早手錠と寸鉄と七変化を武器に老練の二人が事件の謎を解く！「南町 番外同心」と同じ時代を舞台に、対を成す新シリーズ！